CW00865019

DENTRO DE SAM LERNER

GWEN BANTA

Traduzido por

FERNANDA MIRANDA

Publicado em 2020 por Next Chapter

1

Sam não conseguia parar de encarar as orelhas do atendente. Os buracos nos lóbulos do garoto eram grandes o suficiente para abrigar rolhas, e de fato o faziam. O jovem lacônico também havia extrapolado os limites da autoexpressão, tatuando-se como um mapa rodoviário. Sam tinha certeza de que se olhasse a arte corporal do garoto por tempo suficiente, encontraria uma flecha e as palavras VOCÊ ESTÁ AQUI.

— Só aceitamos dinheiro — disse o atendente, passando a língua com um piercing pelo lábio inferior torcido.

Sam estremeceu. Ele estava se perguntando se havia pegado uma curva errada no caminho para o sul, para Nova Orleans, e continuava preso em Los Angeles. Depois que ele jogou no balcão o dinheiro para os dois engradados de cerveja, ele saiu da pequena lanchonete que compunha a velha parada na Rota 434. Enquanto arrancava o anel de uma das bebidas, ele analisou as diferenças que descobrira desde que chegara em St. Tammany Parrish, Louisiana, sob uma cobertura de calor e poeira.

Ele tinha pegado um desvio para passar pela antiga casa da família, mas, para sua surpresa, a casa havia desaparecido. Foi-se a casa onde Sam aprendera a mijar e acertar o alvo, onde havia escondido cards do jogador de basebol Willie Mays atrás dos móveis e onde havia colocado fogo em seu quarto enquanto tentava destilar cerveja caseira aos dez anos de idade. O local havia sido nivelado, com nada mais do que uma pedra coberta de musgo deixada em memória de seus primeiros anos.

Sam chutou uma pedra do caminho e se perguntou como a Dorothy do Mágico de Oz teria se sentido se tivesse retornado ao Kansas e encontrado nada além de um estacionamento. *Algumas coisas simplesmente não deviam mudar*, ele reclamou consigo mesmo.

Ele se sentou em uma cadeira estofada do lado de fora da parada, jogou uma perna por sobre o braço esfarrapado da cadeira e bebeu até que teve que parar para respirar. Ele sabia que era hora de atravessar o lago Ponchartrain até o Big Easy, mas não sem antes entorpecer algumas lembranças dolorosas.

Ele estava pegando outra Dixie quando viu um carro da polícia sair da rodovia e entrar na estrada de terra do lado de fora da parada. O sol implacável de junho estava alto no céu, obliterando sua visão do motorista. Mas isso não importava: um policial era um policial.

Evitando o olhar direto do policial, Sam fingiu ajustar a barra da calça enquanto puxava uma faca de uma das botas manchadas. Depois de abrir a faca, ele fez uma tentativa meia-boca de raspar a camada de lama endurecida do calcanhar. Ele manteve os olhos desviados e os ouvidos atentos, alertas enquanto os passos pesados se aproximavam. O suor escorria pelo pescoço dele até os pelos do peito. Quando as pontas dos sapatos pretos do oficial pararam perto dos seus, ele ficou muito quieto, resignando-se a um encontro indesejável. Sam Lerner não estava com a cabeça para ser civilizado.

— Você não está bebendo e dirigindo, está? — a voz profunda e arrastada se dirigiu a ele.

— Parece que estou dirigindo? — Sam continuou trabalhando em sua bota como se fosse um problema de física complicado. Enquanto mantinha a cabeça baixa, ele habilmente avaliou o policial pelo comprimento de seus sapatos. Sam aprendera a evitar confrontos cedo na vida. Foi apenas mais tarde em sua vida colegial que ele aprendera a saboreá-los. Hoje, ele sabia que podia tomar qualquer uma das saídas. *Saia da minha frente,* sua voz silenciosa avisou seu convidado indesejável.

— É seu aquela Shelby Cobra estacionada ali?

— Sim, é. Tem algum problema, oficial?

— Só se você continuar a dissecar essa bota sem me passar uma cerveja. Está mais quente que a boceta de uma puta hoje.

Sam respirou a poeira e resignou-se ao fato de que não havia como evitar ser agradável. Não dessa vez. Não com esse policial. Ele reuniu o máximo de simpatia que conseguia encontrar nos últimos dias.

— Senta sua bunda gorda aí, babaca, — ele rosnou, pegando outra bebida.

— Sam, meu chapa, isso não é jeito de falar com um estimado homem da lei, — o policial riu, — especialmente um velho amigo.

— Depende de quem é que está fazendo a estimativa, Duval. Achei que fosse te encontrar mais cedo ou mais tarde, mas estava esperando que fosse mais tarde. Não estou com humor para ser legal, mas pelo jeito não tenho escolha. Como diabos você esteve todos esses anos? — ele perguntou, oferecendo um aperto de mão.

— Melhor do que você, imagino. — Duval agarrou a mão de Sam em um grande abraço de urso enquanto colocava a outra mão no ombro dele.

— Sim, imagino que sim. Mas é bom estar de volta. Parabéns, Duval, ouvi dizer que você comprou o posto de capitão, o kit completo com o anel decodificador. Sem ofensas, é claro.

— Não me ofendeu. E você tá com uma cara de merda, Sammy... Com ofensas.

— Isso faz parte do seu charme, Duval. — Sam permitiu que as palavras saíssem de sua boca como anéis de fumaça.

Duval lhe lançou um sorriso bobo. — Porra, você ainda tá bonito, um maldito ímã de boceta, seu filho da puta. Que foi? Andou comendo o pão que o diabo amassou? — ele arrastou uma velha cadeira para perto enquanto esperava por uma resposta.

Enquanto esperava que ele se sentasse, Sam ficou maravilhado com a forma como aquele bronco ainda se abaixava em uma cadeira como se estivesse prestes a sentar para cagar. Leon Duval era enorme, até sentado. Quatro décadas haviam se passado desde que se conheceram quando crianças, e quase duas desde que se viram pela última vez; e Duval ainda era grande, mole e sorridente.

— Desculpe, não estou no melhor dos humores, amigo. Não dormi muito na semana passada, — Sam ofereceu como uma maneira de explicar sua aparência desleixada e falta de civilidade. Ele sorriu de volta por força do hábito. — Depois de sair de Los Angeles, fiz um desvio para passar pela antiga fazenda, que descobri que virou história. Acho que nada permanece o mesmo.

— Uma merda, hein? Teve um incêndio lá um tempo atrás, mas o Corpo de Bombeiros de St. Tammany ficou batendo punheta enquanto os velhos barracos queimavam. Acho que eles pensaram que não havia nada lá pelo qual valesse a pena se arriscar. Provavelmente estavam certos, o lugar nunca teve muito o que oferecer, Sammy.

— Talvez. Então, o que você está fazendo tão longe da sua jurisdição? — Sam apontou um dedo em forma de arma para o selo do Departamento de Polícia de Nova Orleans no carro de Duval e apertou o gatilho.

— Eu sabia que você estava vindo, amigo. Eu acompanhei você ao longo dos anos. Todo mundo aqui embaixo leu sobre você ser o Manda-Chuva no caso em que aquele rapper famoso pegou sentença de morte. Inferno, eu até vi você na TV - você é a porra de um herói!

— Diga isso aos parças do rapper.

— É, eu aposto que eles querem te pegar. Mas então, tenho um amigo na polícia de Los Angeles que disse que você tinha dado o fora de lá e estava vindo para cá. Estava te esperando desde então. Ouvi dizer que você parou no Fred's Lounge em Mamou para ouvir um pouco de música Cajun no caminho para a cidade. Esse seu carro é fácil de identificar. Se eu tivesse descoberto antes, teria me juntado a você. Queria te dar as boas-vindas, de um antigo companheiro de equipe para o outro.

— É mesmo? — Sam inclinou a cabeça para estudar Duval.

— Sim, tenho orgulho de você, amigo. Ouvi dizer que você era um dos Jeffersons lá em cima, na terra das frutas e nozes.

— Um o que?

— Jefferson. — Com o olhar vazio de Sam, Duval bateu o pé e começou a cantar: "Movin' on up, to the East side..."

— Porra, — Sam gemeu —, *George* Jefferson. Pelo amor de Deus, você assiste reprises demais.

Duval deu de ombros. — Talvez. Minha esposa Linny me deixou, — ele anunciou completamente do nada. — Mas não por causa da coisa da TV.

— Lamento ouvir isso.

— Sim. Enfim, eu queria dizer bem-vindo.

— Obrigado. Posso ir agora? — Sam fechou a faca, enfiou-a de volta na bota e levantou-se para sair.

— Ainda o Sr. Charmoso, hein? — Duval parou Sam com uma de suas patas de urso enquanto pegava uma Dixie com a outra. — Obrigado, eu tenho certeza de que você não se importa de eu pegar mais uma, já que estou de folga. Você vai morar no Clube de Cavalheiros da Maire quando chegar ao Quarter?

— Estava pensando nisso.

— Bem, fique longe de problemas.

— Sim, senhor, oficial, senhor, — respondeu Sam obedientemente.

— Você está bem para dirigir? Me disseram que você e a bebida têm um relacionamento esporádico.

— Isso descreve todos os meus relacionamentos. E diga ao seu amigo policial de Los Angeles que ele fala demais.

— Eu perguntei sobre você por preocupação, você sabe.

Sam olhou para o rosto magoado de Duval e se sentiu culpado por ser grosso. Então ele se sentiu irritado por se sentir culpado. Duval estava sempre se metendo na sua vida. — Obrigado pela sua preocupação, mas estou mantendo um padrão de algumas cervejas por dia agora.

— Sim, eu não culpo você. Eu ouvi sobre sua esposa ter morrido e tudo o mais. Coisa terrível. Sinto muito mesmo, amigo.

— Somos dois. — Sam jogou os engradados na parte de trás da Shelby e pulou dentro. Beatrice, sua Golden Retriever, abriu um olho por tempo suficiente para garantir que era ele. Depois ela bocejou e voltou a dormir. — Você é um sistema de segurança de merda, Beatrice, — Sam murmurou.

— Que cachorro fofo, — disse Duval, checando o carro enquanto se inclinava pela janela do motorista. — E a velha Shelby está ótima, também. Fico feliz em ver que você ainda a tem.

— Sim, pelo menos essa garota não vai morrer antes de mim. — Suas palavras saíram mais ríspidas do que ele pretendia. — Você sabe, bom motor e tudo o mais, — ele acrescentou rapidamente, forçando seus sentimentos de volta ao cofre de emoções que ele mantinha dentro do peito.

Duval estendeu a mão para apertar a mão de Sam. — Bom, bem-vindo de volta ao lar. E não crie problemas lá na Maire. Eu odiaria ter que prender um policial de Los Angeles em um cabaré. Ouvi dizer que vocês são letais.

— Ex-policial, — Sam o corrigiu enquanto ligava a Shelby —, mas eu ainda sou letal. — Ele pegou uma cerveja na parte de trás, apoiou-a entre os joelhos e puxou o anel. Em seguida, Sam pisou no acelerador, aproveitando a onda de poder e os efeitos entorpecedores do álcool enquanto ele cantava pneu pela estrada para Nova Orleans, completamente inconsciente do fato de que estava indo de encontro a um abismo muito pior do que o que ele havia deixado para trás.

2

SAM DIRIGIU EM UM RITMO FÁCIL, PERMITINDO QUE O SOM DO MOTOR DA Shelby aliviasse sua agitação. Ele comprara o carro depois de economizar bastante dinheiro trabalhando nas férias e depois da escola com Leon Duval no necrotério de St. Tammany, o que acabara sendo um bom treinamento para suas futuras carreiras. Talvez tivesse sido mais do que coincidência que tanto Sam quanto Duval tivessem se tornado detetives de homicídios, pois ambos haviam aprendido há muito tempo a se desassociar do macabro desfile de mortos dos quais cuidavam diariamente.

Depois da faculdade, Duval fizera uma carreira um tanto duvidosa no Departamento de Polícia de Nova Orleans, enquanto Sam fora para Los Angeles sonhando com pesca, surfe e loiras bronzeadas. Em vez disso, Sam encontrara disputas raciais, terremotos e corrupção. De qualquer forma, ele chegara ao topo da hierarquia de detetives, reunindo um punhado de condecorações ao longo do caminho. Sam era um dos melhores que a polícia de Los Angeles tinha a oferecer e colocara seu trabalho à frente de tudo na vida, até que conhecera Kira.

Sam instintivamente apagou a imagem da esposa da cabeça. Ainda era muito doloroso pensar no sorriso dela. Depois de nove anos de um ótimo casamento, ela se fora. Simples assim: se fora para sempre. Agora a Califórnia também ficara para trás.

Apenas uma semana se passara até que ele finalmente decidira sair de Los Angeles e não olhar para trás... Não que ele pudesse enxergar direito nos últimos tempos de qualquer forma. Desde a morte de Kira, ele descobrira que a embriaguez era uma forma de terapia vastamente subestimada.

Sam pisou um pouco mais fundo no acelerador da Shelby só para senti-la responder - uma garantia para si mesmo de que algo ainda podia. Ao longo dos anos, ele havia deixado o carro nos trinques. Ele sabia que era hora de fazer o mesmo por si mesmo.

Talvez amanhã, ele pensou silenciosamente enquanto observava Beatrice reunir energia para pular para o banco da frente e pedir um gole de Dixie. — Calma, garota, — alertou Sam —, vou precisar ver algum documento.

Ele nunca tinha certeza se suas conversas com sua cachorra eram para o benefício dela ou dele. De qualquer maneira, sua própria voz ajudava a preencher o vazio que a morte de Kira havia deixado em sua vida.

Beatrice lambeu a mão dele, ganiu e depois inclinou a cabeça para fora janela. — Tirou as palavras da minha boca, garota, — Sam sorriu.

Ao olhar a paisagem, Sam se lembrou de como St. Tammany havia sido outro final. E ele estava cansado de finais. A casa em que ele costumava morar não passara de um bangalô de madeira de quatro cômodos, mas ele, seu pai e Mammy Jem haviam morado lá até ele virar adolescente. Era sua casa, tanto quanto qualquer outro lugar. Agora a casa era uma lembrança, assim como seu velho, cujo cadáver marinado em gim estava em uma cripta em algum lugar perto do French Quarter. Jem não escrevia para ele há dois anos, seus velhos olhos um pouco cheios demais de catarata para apreciar qualquer tipo de correspondência.

Ah, Jem... Ela era alguém de quem Sam podia sentir o cheiro se ele se esforçasse - suor misturado com especiarias exóticas, rum e fumaça de madeira. Suas fortes mãos negras o haviam consolado quando menino, acariciando sua cabeça até que ele pudesse se permitir adormecer.

O sono nunca viera fácil para Sam, não desde que o furacão passara pela cidade com seus ventos fortes lançando detritos para todos os lados como vagões de trem explodindo. Ele se lembrava principalmente do barulho e do eco dos gritos de seu pai enquanto puxava a mãe de Sam de debaixo do pesado tríptico religioso que costumava ficar pendurado sobre a cama deles.

Sam logo entendera a amarga ironia daquela noite. Em sua mente jovem, sua mãe havia sido assassinada por Jesus. Sim, Jesus era o criminoso, ele dissera a si mesmo, e o pesado crucifixo era a arma. Agora, Sam levantava uma sobrancelha ao recordar seu primeiro grande trabalho de detetive.

Jem havia assumido o papel de sua Mammy; e ela era realmente a única mãe de quem ele se lembrava. Sam tomou outro gole enquanto tentava se lembrar do nome verdadeiro de Jem. Ele não conseguiu. Ele a apelidara de Jemima aos quatro anos de idade, encantado com a semelhança entre ela e a matrona na caixa de panquecas de mesmo nome. Agora ele balançava a cabeça por ter tido tanta falta de tato quando jovem, mas Jem sempre dissera que amava o nome. Isso porque ela amava Sam.

As lembranças de Jem permitiram que ele relaxasse ainda mais. Talvez ele fosse visitá-la amanhã. Esta noite, no entanto, ele iria desfrutar do conforto de um tipo diferente de mulher. Sam sorriu enquanto acelerava com a Shelby. Finalmente ele estava retornando à cidade que amava. E à única outra pessoa em sua vida que ainda não o havia abandonado.

O CORAÇÃO de Sam disparava mais rápido que a Shelby quando ele atravessou o lago Ponchartrain em Nova Orleans. Ele sorriu inconscientemente enquanto aspirava o aroma familiar da água do lago misturado com a densa fragrância do rio Mississippi. Ao longe, o barulho de uma buzina de barco fluía sob a umidade opressiva.

Ele observou as luzes da cidade e estudou seu horizonte ondulado. A velha cidade ainda o animava. Até Beatrice estava alerta, de alguma forma sentindo a mudança em seu humor. O sol estava se pondo sobre a cidade fumegante enquanto a noite começava a ganhar vida.

Sam foi direto para o French Quarter, o Bairro Francês já se enchendo de foliões, apesar do calor do verão. Ao se acomodar na familiaridade das cenas ao redor, ele ligou o rádio e ouviu os sons vibrantes do *Zydeco Junkie* de Chubby Carrier. Ele havia sentido falta da música crioula que marcara sua infância. O dialeto Cajun e o ritmo acelerado sempre o infundiam com uma emoção que ele nunca fora capaz de descrever para seus amigos de Los Angeles que haviam crescido com surf e Beach Boys.

Um sorriso se espalhou por seu rosto bronzeado quando ele passou por uma placa de lanchonete na calçada que anunciava um "Cerveja tão fria que você vai perder a cabeça". Percorrendo o bairro, ele passou por fileiras de casas antigas com os quatro lados em forma de gabletes, e ele não conseguiu tirar os olhos de uma vibrante casa rosa com persianas cor verde-limão que exibia uma placa de à venda na frente. O cavaleiro na placa anunciava orgulhosamente: "Assombrada". Jem sempre dissera que Nova Orleans era uma cidade que fazia tudo com um gracejo e uma piscadela. A velha estava certa.

Quando chegou à esquina de St. Claude e Ursulines, Sam estacionou na rua e olhou para uma imponente casa de hóspedes conhecida como Clube de Cavalheiros da Maire. Um brilho rosa suave iluminava as janelas e o som de Fats Waller se agarrava ao ar denso como o cheiro de sexo. — Jesus, — ele sussurrou —, estou de volta. — Ele desviou o olhar brevemente, sabendo que se ele absorvesse tudo de uma vez, ele teria que lidar com emoções que era melhor deixar quietas.

Depois de deixar Beatrice farejar por tempo suficiente para deixar sua marca no bairro, ele a deixou na Shelby e se aproximou timidamente da porta da casa de hóspedes. Ele teve que tocar a campainha várias vezes antes que alguém finalmente atendesse.

A porta entalhada se abriu tão silenciosamente que mal afetou a brisa perfumada que envolvia Sam como um suéter velho e familiar. Seus sentidos estavam tão pesados com antecipação que parecia que o mundo havia entrado em câmera lenta.

De repente, ela estava lá, com mais de um metro e oitenta, tão elegante como sempre fora e envolta em seda rosa. Maire Girod era uma combinação única de olhos verdes, pele bronzeada e cabelos loiros e pixaim – um resultado de sua herança africana, francesa e canadense - que ela mantinha cortados bem curtos. Ela parecia tão bonita para ele agora quanto da primeira vez em que se conheceram quando ele tinha apenas dezesseis anos. — Maire, — ele sussurrou.

Maire o encarou por um momento, e então ela o abraçou, envolvendo-o em uma nuvem quente de jasmim. Ele a segurou com força enquanto lentamente conseguia soltar o ar que estivera preso em seus pulmões.

— Meu querido, — ela sussurrou em tons suaves de dialeto Cajun —, estávamos te esperando. Faz tanto tempo.

— *Faz* muito tempo mesmo, — ele sorriu enquanto beijava sua bochecha. Sam então se afastou para encarar seu rosto angular e pele cremosa, quase impecável, exceto pelas finas linhas gravadas pelo tempo nos cantos dos seus olhos. — E você ainda está de tirar o fôlego.

— E você ainda é meu lindo cowboy, — ela sorriu enquanto o conduzia pela mão para o salão, que estava cheio de flores frescas do jardim do pátio.

Sam notou com prazer que todos os móveis continuavam iguais. As antigas espreguiçadeiras e sofás de brocado rosa e os abajures de seda mal estavam desbotados. Espelhos emoldurados em ouro refletiam a luz suave da sala. Há muito tempo ele havia gravado os detalhes na memória.

Quando Maire se sentou no sofá e o puxou para perto dela, ele se sentiu sobrecarregado mais uma vez. Ele pigarreou enquanto ela pegava a garrafa de conhaque na mesa de café. — Beba isso, querido, — disse ela, enquanto derramava o líquido âmbar em um copo. — Este é realmente um momento que vale a pena brindar.

— Obrigado, Maire. Então, como você sabia que eu estava vindo?

Seu sorriso astuto revelou um conjunto perfeito de dentes. — Alguém que administra um estabelecimento honrado como o meu sempre sabe quando um homem está "vindo". Faz bem aos negócios.

Sam riu e tomou um gole da bebida. Quando ele se recostou no sofá, percebeu que fazia muito tempo desde que se sentira seguro o suficiente para baixar a guarda.

Maire estudou seu rosto como uma pintura enquanto ela respondia sua pergunta. — Leon Duval esteve aqui ontem à noite.

— Eu deveria ter imaginado. Encontrei com ele perto da antiga casa em St. Tammany, a caminho daqui. Ele ainda é irritante, e suspeito que ainda seja um idiota de primeira.

— Não posso negar isso. Mas ele tem boas intenções, querido. Ele só é um pouco zeloso. Ele ainda admira você como quando estavam na escola.

— Bem, agora me sinto culpado para caramba.

Maire riu e entrelaçou seus longos dedos nos dele. — Não se sinta culpado. Leon Duval *é* irritante. Ele me contou o que aconteceu em Los Angeles - com Kira, quero dizer. Sinto muito mesmo, querido. Estou feliz que você tenha decidido voltar para casa por um tempo. Ah, Antoine quer que você passe em Tujagues enquanto estiver na cidade. Ele está esperando você.

— Antoine está me esperando também? Jesus, Duval anunciou de um avião que eu estava vindo ou algo assim?

— Esqueça o Duval. Você está bem, Sam?

— Na verdade, não. Mas estou me sentindo melhor a cada segundo.

— Você precisa dormir, — ela disse em uma voz calma quando estendeu a mão para esfregar suas têmporas. Quando ela tocou uma campainha na mesa de café, uma jovem loira de vinte e poucos anos com um corpo cheio e sensual entrou na sala. Depois que ela olhou para Sam, ela abriu um sorriso sedutor.

Maire levantou a mão em aviso. — Desculpe, Celeste, mas este está fora dos limites. Por favor, ofereça hors d'oeuvres aos cavalheiros no jardim e depois envie Madsen para cá.

Celeste lhes lançou um olhar de decepção. Quando ela obedientemente abriu a porta do pátio e saiu, Sam teve um vislumbre de vários homens que riam perto da fonte. Celeste mandou para Sam um olhar ardente antes de fechar a porta e desaparecer na noite quente.

— Raramente temos convidados tão atraentes quanto você, Sam, — Maire sorriu, explicando a decepção de Celeste.

— Você ainda sabe como fazer um homem se sentir especial. Não é de admirar que os negócios estejam indo bem.

— Você *é* especial. Eu quero que você fique no quarto nos fundos. Temos café e beignets para amanhã de manhã. Aí nós poderemos conversar.

— Você vem dormir comigo?

— Você sabe que uma anfitriã nunca pode abandonar a própria festa. Mas, querido, você com certeza faz uma garota pensar duas vezes.

— Estou esperando desde os dezesseis anos, — ele brincou.

— Isso foi quando eu era uma velha senhora de vinte e um anos. Eu sou uma anciã agora, então só estou sendo misericordiosa. Mandarei Madsen. Eu disse a ela que esperasse por você.

— Aparentemente, todo mundo estava esperando por mim. Eu recebi mais confete que o Papa.

— Você é mais importante, então não vou te cobrar. *Ele* teria que pagar.

— É por isso que você é uma empresária bem-sucedida. Por falar em cobrança, Maire. Tenho outra garota comigo. Ela está no carro. Posso trazê-la pra dentro?

— Você está ficando devasso com a velhice?

— Não estou ficando nada.

Ela balançou a cabeça enquanto traçava sua mandíbula forte com um dedo delicado. — Que pena. Pode deixá-la entrar, querido.

Quando Sam abriu a porta e assobiou, Beatrice sentou-se, pulou pela janela do carro e correu para a varanda. Maire soltou uma risadinha sensual antes de levar Sam e Beatrice pelas escadas curvas até o único local onde ele ainda podia encontrar conforto.

SAM SAIU do chuveiro do quarto de Madsen, agradecido por estar em um lugar familiar. Beatrice, que havia se enfiado sob um altar com oferendas religiosas, estava olhando para uma boneca de pano de vodu um tanto desconfiada. Sam lembrava-se apenas o suficiente dos ensinamentos de Mammy Jem para reconhecer um símbolo de veve que estava pintado na parede e uma pequena mesa com cartas de adivinhação montada em um canto. Apesar de ter crescido com as práticas de vodu de Jem, Sam ainda achava os vários objetos e ídolos muito estranhos. Mas hoje à noite ele estava exausto demais para dar uma segunda olhada neles.

As janelas com persianas estavam abertas, permitindo que pedaços de conversas, discussões e risadas entrassem no quarto vindas do jardim abaixo. No teto acima de sua cabeça, um ventilador girava lentamente, dobrando os sons e fragrâncias no ar noturno.

Quando Sam olhou para o pátio abaixo, um cliente, obscurecido pelas sombras de uma grande árvore de magnólia, olhou para ele e lhe deu um aceno de cabeça. A loira Celeste, que agora estava deitada sedutoramente em uma espreguiçadeira de ferro forjado, seguiu o olhar do homem. Quando ela viu Sam, ela ajustou languidamente sua pose e depois acariciou suas pernas pálidas, fazendo uma pausa para circular a tatuagem de flor de lis em sua panturrilha com uma unha longa e vermelha. O cliente levantou cordialmente um copo para Sam antes de continuar sua visita com Celeste.

Sam fechou as persianas e olhou em volta. Ele já estava formando um perfil da jovem que habitava esse quarto confortável. Após anos de trabalho de detetive, ele era um mestre em criar perfis em quinze segundos. Ele imaginava que essa tal de Madsen fosse solitária - sem fotos de família ou recordações. Em sua penteadeira, havia vários lenços, vários colares de contas de plástico de uma festa de carnaval e um bebê Jesus de plástico, que viera de brinde em um pedaço de bolo-rei.

Ela também possuía várias escovas de cabelo, incluindo uma escova com um cabo de osso que havia sido consertada com cola. Ao lado da escova havia um frasco de perfume - Dolce & Gabbana Velvet Desire - que ele reconheceu como uma marca de grife cara. Uma fruteira de madeira com uma mosca solitária se banqueteando com um pêssego velho completava o arranjo.

Foram os pequenos canários de pelúcia na sala, no entanto, que chamaram a atenção de Sam. Madsen tinha estrategicamente colocado pares realistas de canários amarelos em todo lugar. Os pássaros encaravam Sam curiosamente enquanto ele andava. Um par estava empoleirado ao lado de um pequeno prato de sementes de gergelim e vários estavam aninhados nas plantas. Sam imaginou que a garota fosse supersticiosa, ou talvez muito sozinha. No entanto, sua experiência com homicídios havia revelado interesses bem mais peculiares do que uma coleção de canários de pelúcia.

Lembrando a si mesmo de que não era mais um detetive, Sam finalmente se deitou entre os lençóis e tocou a campainha. Alguns momentos depois, ele ouviu a batida na porta.

— Entre, querida, — disse ele, inconscientemente voltando ao sotaque Cajun que havia trabalhado tanto para perder.

Madsen entrou na sala. Ela era jovem - vinte e dois anos, no máximo, ele imaginou. Sua pele era morena, e seus olhos eram grandes em um pequeno rosto acentuado por lábios carnudos. Um cachecol de chiffon fúcsia e amarelo estava amarrado na cintura de seu vestido preto sem alças; e ela escolhera um batom para combinar com o rosa do cachecol. Sam sorriu com prazer. Ele adorava olhar para coisas bonitas; e, para ele, todas as mulheres eram lindas.

— Sam Lerner? — ela disse suavemente. Quando ele acenou com a cabeça, o sorriso hesitante dela aumentou. — Gostaria de conversar um pouco? Talvez sobre a Califórnia? — O olhar de expectativa em seu rosto era quase infantil.

— Acho que não, obrigado. Estou exausto. Estou na estrada há muito tempo.

— Você já comeu?

— Sem apetite.

— Você gostaria de uma bebida? — ela ofereceu.

— Eu já tomei uma, obrigado, Madsen. — Sam sorriu com a palavra, que ela pronunciara errado. Ela era encantadora, e tinha o jeito de alguém de cidade pequena - do mesmo jeito que ele havia sido em sua primeira viagem solo a Nova Orleans, como um garoto de dezesseis anos tentando se tornar um homem. De algumas formas, ele pensou, ele ainda estava tentando se tornar um.

— Gostaria que eu me juntasse a você para uma libação, Madsen? — ele perguntou, lembrando-se de suas boas maneiras.

— Não, obrigada, eu não bebo. Seu cachorro é bonzinho?

— Se ela fosse mais doce, precisaria de insulina.

Madsen riu antes de começar a se despir metodicamente, cantarolando inconscientemente enquanto pendurava cada peça de roupa. A única coisa que Madsen não removeu foi um pingente de prata oblongo, pendurado em uma longa corrente em volta do pescoço. Ela vestiu uma túnica de chenille e amarrou-a na cintura, ainda cantarolando.

Sam fechou os olhos e ouviu. Sua voz era tão doce que o fez doer. Quando ela se aproximou, ele notou que seu perfume também era doce, como flores molhadas.

— Maire me contou o que você precisa, — ela sussurrou enquanto se arrastava para a cama, mantendo o roupão em volta dela. — Tem certeza de que isso é tudo o que você quer, Sr. Lerner?

— Tenho certeza, querida. — A respiração de Sam ficou profunda e constante. As notas da versão de Louis Armstrong de *La Vie En Rose* vinham do jardim, lentamente forçando sua dor a afrouxar seu aperto de ferro em seu peito.

Madsen levantou a mão para acariciar a testa de Sam. — Você tem lindos olhos azuis.

— Obrigado, Madsen.

— Eu gosto de olhos azuis com cabelos pretos. Eu gostaria de ter essa combinação.

— Você é perfeita do jeito que é, — ele a assegurou.

— Isso é muito gentil da sua parte.

Sam fez uma tentativa frustrada de continuar a conversa, mas sua exaustão já o estava pressionando mais fundo no travesseiro macio.

— Shhh. — Madsen passou os dedos pelo seu rosto e acariciou

seus lábios com as costas da mão. Usando as pontas dos dedos, ela gentilmente aplicou pressão sobre a testa de Sam, parando ocasionalmente para empurrar seu cabelo para longe do rosto. Suas mãos eram macias e acolhedoras, permitindo que ele se perdesse em um lugar seguro de muito tempo atrás.

Quando seu corpo afundou em um estado de calma há muito esquecido, ele sentiu as pontas dos dedos dela limparem a umidade de sua bochecha. Ele havia permitido que sua tristeza suprimida viesse à tona, mas estava cansado demais para se importar. Ele só queria alguém perto dele para que ele pudesse finalmente dormir.

Infelizmente, seria a última boa noite de sono que Sam Lerner teria em muito tempo.

3

Sam dormiu no estabelecimento de Maire por dois dias. Ele acordou na primeira manhã e viu Madsen dando a Beatrice um osso, depois voltou a dormir. Nem uma vez ele teve o pesadelo persistente que muitas vezes o acordava durante a noite, encharcado de suor, ainda preso em um mundo de sonhos onde ele estava lutando em vão para fechar as feridas no rosto mutilado de Kira.

Ele acordou novamente mais tarde, desta vez com o cheiro de fumaça e cera quente. Através do seu estupor induzido pelo sono, ele viu Madsen na frente de um altar brilhando com velas. Depois que Sam murmurou algo sobre um detector de fumaça, Madsen se deitou de volta na cama ao lado dele, depois puxou o lençol sobre o peito e esperou até que ele caísse no sono novamente.

Quando ele finalmente se arrastou para fora de seu semi-coma na segunda manhã, ele foi tropeçando até a cozinha para encontrar Maire. Lá, eles beberam um bule fumegante de café de chicória enquanto o sol da manhã se refletia em suas pernas longas e sedosas. Sam ouviu silenciosamente enquanto ela o contava sobre sua vida desde a última vez que se viram. Ele sabia que ela esperaria pacientemente até que ele sentisse que poderia fazer o mesmo.

— Convença-me novamente de porque foi uma boa ideia nunca

termos dormido juntos, — Sam provocou.

— Você sabe que era menor de idade quando nos conhecemos. Então você ficou preso àquela garota puritana da fraternidade de Tulane, e foi aí que me tornei persona non grata.

— Persona non grata para mim nunca. Mas talvez para a puritana da Simone, sim.

— Depois que você e Simone foram para a Faculdade de Direito de Pepperdine, pensei que fosse a última vez que ouviria falar de você, exceto pelas ocasionais fofocas do Duval. Devo admitir que fiquei bem satisfeita quando você continuou mantendo contato. Então, por que você nunca praticou direito depois de passar no exame da Ordem, Sam?

— Achei direito tão divertido quanto enfiar uma pimenta tabasco no rabo. Se eu tivesse tentado mais, poderia ter encontrado um ramo da lei de que gostasse, mas ingressar nos fuzileiros pareceu certo naquele momento. Talvez eu estivesse apenas tentando fugir de Simone, — ele sorriu.

— Bem, essa é a única coisa que faz sentido!

— Antes de conhecer Kira, eu voltei para te ver. Foi quando soube que você havia se casado e mudado para a Martinica. Eu estava com ciúmes *e* com inveja.

— Foi bom até meu marido sacana perder a maior parte do nosso dinheiro no jogo. Eu o deixei lá e voltei para cá, para o único outro lugar que eu conhecia como lar. Naquela época, você já se fora para sempre. Pelo menos foi o que pensei. Parecia que o tempo nunca estava do nosso lado, querido. Mas aqui está você e, pela primeira vez, nós dois estamos livres.

— Você sabe que eu ainda estou lidando com a perda, certo?

— Sim. E eu estou aqui em primeiro lugar como uma amiga.

— Obrigado.

— Também não sei o que quero. Eu sei que o que eu *não* quero são complicações. Vamos devagar e ver para onde vai.

— Isso seria interessante. E muito legal.

— Você é o único homem que nunca me julgou por minha profissão, Sam.

— Eu espero que isso seja um quid pro quo. Nós, policiais, não somos exatamente moralistas.

— Ah, eu sei que você nunca foi um policial corrupto. E, acredite ou não, eu também sou bem criteriosa.

— Essa é provavelmente a verdadeira razão pela qual você nunca dormiu comigo.

— Hah, eu certamente deveria ter dormido! Ao longo da minha vida, só dormi com homens de quem eu gostava, e nunca por dinheiro. Comprei esse negócio quando jovem para me sustentar e nunca o vi como nada além de negócios. No entanto, eu não sou exatamente bem-vista pelas "mulheres de bem".

Sam sorriu: — Bem, eu tenho certeza de que os homens de bem te adoram.

Depois do café da manhã, enquanto Sam se reclinava no balanço da varanda, o calor pairava sobre ele como um cobertor molhado. Celeste, exibindo seus cabelos loiros e sensualidade madura, saiu para cumprimentá-lo com uma margarita gelada, que Sam aceitou com gratidão.

— Por que você não fica por um tempo agora que recuperou o sono? — Celeste sugeriu enquanto se inclinava contra a moldura da porta de madeira. — Eu poderia lhe mostrar o que Nova Orleans tem a oferecer. — Quando ela descruzou as pernas por baixo da saia, ficou claro que não usava nada por baixo do tecido. Ela estendeu as pernas e abanou a barra da saia com uma mão para esfriar as coxas enquanto jogava os cabelos loiros para longe do pescoço e lambia o suor do lábio.

— Já está quente o suficiente, Celeste, — Sam sorriu apreciativamente. Ele sabia quando estava sendo atraído para uma armadilha. — Acho que vou entrar antes de sofrer um colapso.

— Você não pode ser celibatário para sempre, bonitão, — disse Celeste por trás dele enquanto ele se afastava. — Conheço uma bomba prestes a explodir quando vejo uma.

Sam fez uma pausa - ele era mesmo tão óbvio? Não importava, ele lembrou a si mesmo enquanto empurrava a porta para dentro, a menos que ele e Maire ainda tivessem alguma coisa entre eles, ele não iria seguir esse caminho. Ele deixara Madsen confortá-lo como uma dose de morfina para acabar com a dor, mas da maioria das pessoas, ele queria distância.

Quando Sam finalmente entrou na sala, viu Madsen. Ela estava sentada ereta no divã, como se estivesse esperando já fazia algum tempo. — Sr. Lerner, você acha que poderíamos conversar algum dia? É meio importante.

Sam não tinha muita certeza de como ler a agitação de Madsen, mas ela mal era disfarçada por seu comportamento educado enquanto ela puxava seu pingente de prata para frente e para trás ao longo de sua longa corrente. Ele fora conhecido por enervar muitas pessoas em seu auge como policial, mas eles geralmente eram suspeitos.

— Me chame de Sam, — ele disse gentilmente, — e é claro, podemos conversar agora, Madsen. Não estou com pressa de ir.

— Não, Maire diz que é para eu deixar você quieto por enquanto. Até você se ajustar, ela disse. Então, eu queria saber se talvez quando você voltar, nós podemos conversar? — Madsen sorriu timidamente e depois puxou seu pingente novamente.

— Claro. Volto em breve para visitar, — ele a assegurou antes de puxar sua carteira. Sam ficou bastante surpreso quando Madsen se recusou a aceitar seu dinheiro.

— Não, Senhor- ah, quero dizer, Sam. Foi tão legal. É como se fossemos amigos.

Sam gentilmente estendeu a mão para parar a dela enquanto ela continuava a puxar seu pingente. — Sim, Madsen. Somos amigos.

Isso tinha sido cinco dias antes. De pé agora na cozinha da antiga casa da família, ele estava se sentindo culpado por estar se escondendo em seu isolamento autoimposto. Ele realmente preferiria evitar a interação humana, exceto nos próprios termos, mas não conseguia tirar da cabeça o rosto sincero de Madsen. Ele simplesmente não queria ser amigo de ninguém agora - era disso que ele precisava. No entanto, Sam prometera a ela que iriam conversar, e ele era um homem de palavra. Talvez ele passasse na casa de Maire mais tarde.

A velha casa em St. Bernard Parish ficava perto de Chalmette. Ele e o pai haviam se mudado para lá depois que a mãe morrera e eles deixaram St. Tammany. Ele herdara a propriedade e sabia que haveria algum potencial de vendas se a limpasse e arrumasse o terreno. Além disso, ele ainda estava muito cansado para ir para qualquer outro lugar tão cedo, mesmo que pudesse encontrar uma direção.

Sam tinha economias substanciais e havia o dinheiro da apólice de seguro de vida de Kira. Era irônico, ele pensava com frequência, o fato da morte de Kira fornecer dinheiro para mantê-lo vivo quando ele preferia ter morrido com ela.

Sam suspirou. Eram apenas 9h da manhã e o ar já estava denso de calor. Ao acaso, ele começou a desempacotar algumas caixas sem saber como ia organizar as coisas. Ele abriu uma gaveta da cozinha onde já havia escondido sua pistola S&W calibre .38 e um abridor de latas. Que conveniente, ele observou com ironia, se o abridor de latas quebrasse, ele poderia simplesmente explodir a tampa das coisas com a arma. Era um lugar tão bom quanto qualquer outro para as meias também, ele imaginou. Por que pensar demais?

No momento em que desempacotava alguns pratos, ouviu um carro subir a estrada de terra ao lado da casa. Beatrice abriu um olho, mas não fez nenhum esforço para se mover. — Era para você *desencorajar* os visitantes, garota, — Sam advertiu a caminho da porta de tela. — Estou surpreso que você não esteja acendendo a churrasqueira!

Ele viu uma sombra enorme cair na varanda e absorver a luz da manhã. Sam sabia quem era antes mesmo de Leon Duval subir as escadas e parou para esperar.

— Bom dia, Duval, — Sam disse com uma voz arrastada. — Eu estou sendo procurado por ter me tornado um fã dos Lakers, ou você está apenas dando uma passada para olhar nossas antigas fotos do ensino médio? — Sam sabia que sua observação tinha sido um pouco mais ríspida do que ele pretendia. Embora Duval gostasse de reviver o passado, Sam não estava com disposição para explicar como ele estava tendo dificuldades apenas para se manter preso ao presente.

— Nenhum dos dois, — respondeu Duval com naturalidade. Ele empurrou a porta com uma caixa de cerveja na mão. — Estou aqui a negócios. Jesus, está difícil respirar. O ar é como um grande pântano quente!

Sam o seguiu até a cozinha, onde Duval descarregou a cerveja no balcão. — Negócios, hein? Você vai abrir um bar?

— Não, estou abrindo um novo caso. E preciso da sua cooperação.

— Por que diabos você precisa da *minha* cooperação?

Duval se remexeu desconfortavelmente de um pé grande para o outro enquanto olhava ao redor da sala. — Bem, Sammy, eu meio que peguei um caso difícil que preciso resolver. Tem uma pessoa que desapareceu há pouco mais de uma semana, e eu já estou até o nariz nessa merda. Estou acabado. Estive fazendo horas extras em outro caso de desaparecimento, e tem o escândalo do abuso sexual do padre também.

— Interessante. Mas quem iria abusar de um padre?

— Não, o padre que fez a merda! — Depois de um instante, ele balançou a cabeça e riu. — Ah, diabos, você está apenas tirando com a minha cara, não é? "Padre Fornicador", nós estamos chamando ele.

— Bem direto ao ponto.

— Sim. De qualquer forma, esses casos grudam como fedor de merda, — ele resmungou enquanto tirava duas cervejas do pacote.

— Duval, você é sempre tão escatológico antes do café da manhã?

— Bom, eu já comi, — Duval deu de ombros enquanto estendia uma cerveja.

— Não, obrigado, estou tentando diminuir.

Duval o ignorou e jogou a cerveja na direção de Sam. Quando Sam pegou a lata, ele notou que estava gelada. Ele colocou a cerveja no balcão e decidiu pensar sobre o quanto ele realmente queria uma bebida. Era muito, com certeza, mas ele sabia que estivera exagerando, e ele não tinha certeza de quanto tempo um homem poderia viver se seu fígado ficasse fodido. Ele não se importaria de morrer, era a demora que não era atraente. Sam se conteve enquanto seu convidado abria uma lata e tomava um longo gole.

Beatrice entrou na cozinha ao som da lata abrindo. Sam pegou a cerveja de Duval de sua mão, deu um gole a Beatrice e a devolveu. Duval deu de ombros e tomou outro gole. — Eu quero voltar como um cachorro na próxima vida, — ele sorriu. — É verdade que os cães se parecem com seus donos. Vocês dois precisam fazer a barba.

— Nenhum de nós esperava companhia ou eu teria pegado os copos bons. Então, sobre esse seu caso da pessoa desaparecida... Qual é o furo? Você pode ir direto ao ponto, por favor?

— É rotina, provavelmente uma fuga, — disse Duval com desdém. — Mas eu estava olhando para um prato de presunto e ovos quando imaginei que você poderia começar a fuçar por aí quando ouvisse a notícia.

— Por que em nome de Deus você acha isso? Você viu uma placa de detetive particular pendurada na minha porta? — Sam abriu a porta dos fundos para dar ênfase, arrancando a maçaneta no processo. Ele resmungou com nojo e depois jogou a maçaneta na gaveta com sua arma e suas meias. — Pode ficar tranquilo, eu larguei esse negócio pra valer.

— Eu sei. Mas eu tinha medo que você fosse se interessar pelos assuntos locais. E você é sempre o Sr. Cara Bonzinho, então eu pensei que você poderia ser atraído de volta pros nossos negócios aqui embaixo, como uma maneira de ajudar as pessoas. E se você o fizesse, poderia involuntariamente pisar no meu calo.

Duval arrastou os pés aparentando insegurança enquanto escolhia as próximas palavras com cuidado. — Sabe, eu estou disputando outra promoção, Sammy, então preciso ser uma estrela do rock nesse caso. E preciso manter tudo sob meu controle total. Mas ficaria feliz em ouvir qualquer ideia sua, — ele rapidamente adicionou. — Nós dois sabemos que você é o cara inteligente. Eu sou apenas o pequeno motor da operação.

— Não tem nada de pequeno em você, amigo. E chega de bajulação. Sou eu, Sam. Eu conheço o seu jogo. Então, se é pra eu ler nas entrelinhas aqui, é pra eu ficar na minha, mas porque você acha que eu vou dar na telha de fazer uma investigação por conta própria, também devo informar imediatamente se tiver alguma ideia ou informação que possa ajudá-lo a resolver o caso e obter a promoção que você quer.

— Parece meio rude quando você coloca dessa maneira, mas serve. Enquanto isso, pedi para as meninas vasculharem as ruas e estou cobrando alguns favores. E eu vou pedir alguns para você também, claro.

— Eu pensei que você só *aceitasse* favores.

— Verdade. Mas prometi a Maire que iria ajudar.

— Maire? O que ela tem a ver com isso?

Duval imediatamente levantou a mão em aviso. — Agora lembre-se, você me prometeu que ficaria fora disso, e promessa é dívida. A pessoa desaparecida era uma das garotas da Maire.

— Por que diabos você não disse isso de primeira?

— Porque eu sabia como você reagiria.

— Bem, é claro que sabia, seu babaca! Qualquer coisa referente a Maire é do meu interesse. Qual é o nome da garota? — Sam exigiu.

— Madsen.

— MADSEN?

— Você vai repetir tudo o que eu digo? — Duval reclamou. — Sim, Madsen Cassaise. E eu sei que você a conheceu. Parece que depois disso foi quando ela desapareceu. Mas você não deve se envolver, a menos que seja a pedido meu, entendeu, velho amigo? — Havia um tom inconfundivelmente ameaçador sob o aviso. — Ah, e eu provavelmente devia dizer que, baseado no que aconteceu com a última prostituta que desapareceu, a pobre garota provavelmente está morta.

Sam pegou a cerveja mecanicamente, abriu a tampa e bebeu. Ele não conseguia tirar da cabeça a imagem do olhar de confiança que Madsen lhe lançara e sabia que não havia álcool suficiente em Nova Orleans para desatar o nó em sua garganta.

4

Louis Santos estava suando profusamente enquanto descia pelo dique. Embora agora estivesse escuro, ele queria evitar os turistas na passarela próxima ao rio. Enquanto se arrastava pela lateral do dique, ele escorregou várias vezes na grama carregada de umidade. Ele finalmente chegou a uma velha barcaça ancorada ao pé da descida, longe do ancoradouro lotado de barcos fluviais.

Louis pegou um charuto, mordeu a ponta fora e acendeu um fósforo, balançando o fósforo lentamente para frente e para trás antes de acender o charuto. Ele então tragou longamente seu Havana e esperou.

Enquanto ajeitava a gravata e alisava a camisa molhada, pensou no quanto odiava Nova Orleans. Era muito quente, muito francesa, e a luz estava toda errada. Ele sentia falta de Baton Rouge, e não tinha intenção de ficar por mais tempo. Ele ficaria aqui apenas tempo suficiente para terminar os negócios, receber sua parte e se mandar.

Louis pegou um lenço e limpou a testa. Quando ele notou que uma lanterna iluminava uma área da barcaça, ele se aproximou com cautela, mantendo o rosto desviado da luz.

— Você veio pro trampo? — a voz da barcaça perguntou em pesado dialeto Cajun quando Louis se aproximou. A voz se esforçava para ser ouvida, como se estivesse vazando pelos poros da garganta do homem.

— Sou eu, seu velho louco, — Louis retrucou. — Aponte essa luz para o outro lado!

— Pensei que fosse você, mas não consigo ver bem no escuro. Sobe logo. — O desfigurado capitão da barcaça lutava para sincronizar suas palavras com cada expiração.

Louis sabia que, apesar da cordialidade do velho Cajun, ele estava com tanto medo quanto um roedor nas garras de um urubu. E Louis decidiu se divertir com isso. — Não, eu vou ficar na praia, — Louis rosnou —, eu só estou aqui para fazer a entrega, Faustin.

Louis tirou um envelope do bolso e acenou para o homem. Ele observou como Faustin mantinha distância, os pés congelados no convés da barcaça. Quando viu um arrepio percorrer o corpo do velho, Louis sorriu satisfeito.

— Você pode me passar o dinheiro de lá, — respondeu Faustin enquanto esticava a mão para o envelope. Ele mantinha os olhos fixos em Louis na penumbra, concentrando-se nas olheiras pesadas sob os olhos mortos do seu visitante. Há muito tempo ele havia memorizado o pescoço carnudo e os braços curtos de Louis com aquelas mãos selvagens, grandes como blocos de concreto.

Louis propositadamente deixou Faustin dar uma olhada em seu corpo forte e sorriu quando o capitão da barcaça lutou para reprimir seu tremor. Depois de um momento, Louis se afastou abruptamente da luz e deu uma tragada no charuto. Enquanto esperava Faustin contar o dinheiro, olhou para o píer do rio e para as vozes que flutuavam pelo ar.

Quando Faustin terminou de contar, de repente ele voltou a si. — Não precisava contar. Não tava pensando. É claro que confio em você. Não quis ofender. — Ele enfiou o envelope no bolso e acendeu desajeitadamente um longo cigarro marrom para acalmar seus nervos.

À luz do isqueiro, Louis viu a metade esquerda da cabeça do capitão da barcaça. O rosto de Faustin era coberto de cicatrizes retorcidas, tão apertadas que o lado do rosto do homem parecia uma máscara da morte. Um buraco marcava sua garganta como um alvo afundado.

— Gárgula de merda, — Louis murmurou. Louis acreditava que as pessoas conseguiam o que mereciam. E ele achava que era por isso que ele próprio conseguia tantas coisas boas, porque ele merecia. Ele deu outra tragada longa em seu Havana e depois se aproximou de Faustin apenas para obter uma reação.

— Certeza que não tem chance dos cães pegarem? — Faustin perguntou enquanto se afastava mais. Ele forçava os sons a saírem, cada palavra cheia de tensão.

— De jeito nenhum. E chega de perguntas. Olhar para você me faz querer vomitar. Você vai ganhar muito dinheiro com esse acordo, e não vai desistir agora, você me ouviu? O resto do dinheiro vai vir quando fizer a entrega, então cale a boca.

— Mas a última tentativa deu ruim. Você não disse nada sobre nenhuma garota morrendo.

— Um acidente infeliz, — Louis deu de ombros.

— A polícia vai checar essa também? — Faustin cutucou.

— É claro que eles vão vir farejar e fazer um monte de checagens de merda. Mas tudo já foi resolvido, então cale a boca sobre isso.

— Desculpe. Só estou cuidando de mim.

— Você cuida de *mim,* — Louis advertiu ameaçadoramente. — Sou eu quem cuida do seu futuro. Enquanto isso, fique fora de vista. — Quando Louis viu outro barco fluvial chegando perto da barcaça, ele se virou e começou a subir o dique.

A mão de Faustin foi automaticamente para o buraco na garganta. Em um desejo de autoproteção para garantir que as coisas estivessem tranquilas entre ele e Louis, ele correu para a beira da barcaça. — Não precisa ir correndo, — ele grasnou para Louis —, eu tenho um pouco de uísque aqui na barcaça.

Louis fez uma pausa para olhar para o velho Cajun. Ao luar, ele podia ver os dois lados incompatíveis da cabeça do capitão. — Não, eu não suporto a sua cara, — Louis rosnou. — Só não estrague nada, ou você perderá o rosto que te resta. Você se lembra de como foi isso,

Faustin? — Louis bateu um pé na direção do velho capitão como se estivesse prestes a voltar atrás dele.

Faustin recuou tão rápido que teve que agarrar um barril de petróleo em busca de apoio. Ele podia sentir o molhado escorrer pela perna da calça enquanto esperava Louis desaparecer sobre o dique. Então, abruptamente, abriu o zíper da calça e aliviou o que restava na bexiga pelo lado da barcaça. Seu rosto se contoria e suas mãos tremiam incontrolavelmente enquanto ele lutava para se enfiar de volta nas calças.

5

MADSEN PODIA SENTIR O CHEIRO DO VÔMITO NOS FIOS DE CABELO QUE estavam em seu rosto. Quando ela tentou afastar o cabelo, descobriu que não podia mexer os braços. Gradualmente, ela percebeu um peso que a estava esmagando, mas estava cansada demais para empurrá-lo. Todo esforço para se mover a deixava tonta; e o forte odor de urina e defecação ao seu redor era esmagador. Ela arfou novamente e os restos no estômago recuaram para a garganta. Então, ela começou a chorar e soluçar até que a exaustão do esforço a forçou a voltar a dormir.

Horas depois, Madsen acordou mais uma vez, ainda tonta e confusa. Quando ela gritou na escuridão, sua própria voz respondeu de volta. Ela piscou várias vezes na tentativa de se orientar no quarto. Ela sabia que tinha que ser muito tarde, porque não ouvia vozes ou músicas vindas da sala ou do jardim. E o grau de escuridão era muito estranho.

Ela ansiava por ouvir a batida da música que entrava em seu quarto todas as noites enquanto recebia seus convidados no Clube de Cavalheiros da Maire. Ela sempre gostara da companhia deles, pois eles a impediam de se sentir tão sozinha. E o estabelecimento de

Maire havia se tornado sua casa. Era o único lar real que ela já conhecera.

Enquanto estava deitada, Madsen tentou imaginar o rosto de sua mãe. O último encontro delas havia sido motivada por uma "mensagem" de suas cartas de adivinhação de que sua mãe precisava dela. Madsen a localizara em uma prisão de Shreveport, onde sua mãe estava presa por acusações de roubo e prostituição. O peso no peito aumentou quando Madsen imaginou sua mãe. — Mamãe, — ela tentou gritar, mas o único som que ouviu foi um soluço abafado.

Ela queria desesperadamente um copo de água. Enquanto Madsen lutava para levantar a cabeça, sua respiração ficou ofegante. Seu pânico aumentou quando o pensamento de asfixia a dominou. Ela mandou a mão alcançar a lâmpada.

De repente, Madsen congelou. Ela não podia sentir seu corpo abaixo do pescoço. Ela tentou novamente levantar as mãos, mas tudo que ela podia sentir eram seus gritos abafados ricocheteando pelo peito como pedras pesadas de granizo.

Ela gritou novamente, sua voz ficando menor contra o eco zombador. — Socorro! Maire? Você pode me ajudar? Ai, por favor, alguém por favor me ajude! — ela implorou para o abismo. Um zumbido surdo em seus ouvidos aumentou sua tontura. Talvez ela estivesse bêbada, ela pensou. Mas ela não bebia, não gostava de bebida. Ela voltara para o quarto depois do jantar? Ela tinha acabado em outro lugar? Na cama de alguém, talvez? Madsen não conseguia se lembrar de onde estava ou de como chegara lá. — Maire, — ela chamou de novo —, por favor me ajude!

Enquanto o vácuo implacável continuava, ela temia ter ficado cega durante a noite. Quando Madsen tentou levantar a cabeça para pedir ajuda novamente, ela estava muito pesada para mover. *Ai, Deus, eu não consigo respirar! Eu tenho que levantar*. Ela não podia mais controlar o pânico.

Ela sabia que devia ter sido muito má para ser punida assim. Ela tentou se lembrar de todas as coisas em sua vida que tinha feito que eram ruins. Ela sempre acreditara que as damas da noite não eram diferentes daquelas garotas que dormiam com qualquer um e nem sequer cobravam. Sua mãe dissera que a única diferença era que as profissionais eram boas mulheres de negócios. E a mãe dela era uma profissional.

Quando os homens que sua mãe trazia para casa começaram a se aproveitar de Madsen, ela fugira. Depois disso, ela também se entregara aos homens por dinheiro, pois era tudo o que sabia fazer. Alguns diziam que isso era pecado, mas Madsen lembrava-se dos muitos homens que a procuraram com olhos tristes e corações partidos. Claro, alguns apenas queriam se divertir. Talvez eles fossem os maus, e ela era má por servi-los. Mas ela não conseguia entender o que havia feito que era ruim o suficiente para merecer essa tortura.

Por favor, não me deixe aqui, Deus, ela implorou silenciosamente. Mais uma vez, Madsen se esforçou para levantar a cabeça, forçando o pescoço a se esticar até que o esforço fez sua cabeça tremer. Ela bateu a cabeça em uma superfície dura e áspera, localizada a centímetros do rosto. O ar ao seu redor evaporou e se fechou sobre ela.

Madsen foi subitamente tomada por um horror avassalador. Ela percebeu que estava trancada em uma caixa de algum tipo, coberta com nada além de escuridão sem fim. Em um momento de semimorte, um terror monstruoso tomou conta de seus sentidos, e ela soube que havia sido enterrada viva.

6

Sam passara a maior parte dos últimos dois dias dirigindo pela cidade com Beatrice e relembrando o passado, enquanto o caso de Leon Duval nunca estava muito longe de sua mente. Tudo em que ele conseguia pensar tarde da noite eram nas poucas posses de Madsen e nas suas últimas palavras para ele. — Como amigos, — dissera ela, como se não tivesse mais ninguém.

Sam não queria admitir o quanto ele havia sido atraído por Madsen por causa de seu isolamento mútuo. Ele esperava que ela tivesse decidido mudar para uma nova vida, mas planejava ir à casa de Maire apenas para fazer algumas perguntas para se aquietar. Mas primeiro, ele tinha que comer.

Ao atravessar Decatur em Jackson Square, ele absorveu a essência da água do rio misturada com a fragrância do café forte do Cafe du Monde do outro lado da rua. Beatrice sentou-se tempo suficiente para ver o que estava acontecendo enquanto uma banda de Dixieland passeava. Sam gostava da cidade nas noites de verão. O ar estava abafado o suficiente para manter os peixes pulando e a população de turistas sob controle.

Sam parou e estacionou em frente ao Tujagues, um de seus restaurantes favoritos no French Quarter. Ele estava ansiando por comida caseira do sul e costelas apimentadas desde que começara seu rápido êxodo para fora de Los Angeles, mas mais cedo naquela manhã ele havia resolvido renunciar a qualquer tipo de álcool. Depois de acabar com uma boa parte do presente de boas-vindas de Duval, ele tinha certeza de que também havia acabado com seu último neurônio vivo.

Sam levou Beatrice pelos fundos e a deixou com um dos garçons que estava lá desde que Sam era criança. — Obrigado por cuidar dela, James, — disse ele enquanto se virava para a sala de jantar principal.

Assim que o maitre viu Sam, ele correu, passou os braços em volta dele e beijou Sam nas duas bochechas. — Que bom vê-lo, garoto, — ele sorriu. — Eu estava esperando você aparecer. Você com certeza está com uma cara boa, não envelheceu nem um pouco.

— Ainda dado a exageros, pelo que vejo. É ótimo ver você também, Antoine. Como tem passado?

— Ah, ainda com artrite, mas deixe isso para lá. Sente-se e coma, Sammy. Tudo o que você quiser é por conta da casa.

— Não precisa, mas obrigado pela oferta. Duval está cuidando bem de você? — Sam perguntou.

— Claro. Ele me disse que você escreveu para ele e pediu que ele viesse à minha casa para ajudar.

— É o mínimo que posso fazer por um dos melhores amigos de Jem.

— Ele vigia o local e me dá uma mão com o meu carro de vez em quando. É muito generoso da parte de vocês dois, filho. Então, o que vai ser? O de sempre para você?

— Pode mandar, Antoine. — Sam puxou uma cadeira e olhou ao redor do antigo local, enquanto Antoine andava para lá e para cá dando ordens. Tujagues era um dos restaurantes mais antigos de Nova Orleans, fundado em 1856 em um antigo arsenal espanhol perto do rio. Mesmo com o passar dos anos, o lugar havia se mantido praticamente inalterado, do espelho parisiense ornamentado ao velho bar de ciprestes. A familiaridade do lugar fez Sam se sentir presente.

Enquanto Sam estudava os outros clientes atacando suas refeições de seis pratos, ele percebeu que seu garçom havia aberto uma garrafa de vinho e estava oferecendo a ele um pouco para provar. — Um presente especial de Antoine, — disse o garçom.

Sam hesitou, mas o aroma do Corton-Carlos Magno o convenceu a voltar atrás em sua promessa de abstinência. — Uau, quanta generosidade! Diga a Antoine que é maravilhoso e que eu disse obrigado, — disse ele, permitindo que o garçom enchesse o copo. Sam tomou um gole lentamente, dando boas-vindas ao vinho como faria a um companheiro de mesa agradável.

Enquanto saboreava o vinho, Sam captou um homem bem vestido em uma mesa próxima que o observava. Quando Sam olhou diretamente para o cavalheiro e assentiu, o homem desviou o olhar. *Babaca sem educação*, Sam pensou enquanto tentava se lembrar de onde tinha visto o cara antes.

Sam subconscientemente catalogou o terno caro do homem com a lapela costurada à mão. Terno Canale, de seda, tamanho quarenta e quatro curto, com alterações, determinou Sam. Ele suspeitava que o homem tivesse comido lá antes, pois estava pedindo outro prato sem consultar o cardápio. Quando o estrangeiro notou Sam o avaliando, ele puxou uma brochura do bolso e fingiu estudá-la.

Sam desviou o olhar e atacou a Coquilles St. Jacques que o garçom colocara na sua frente. Ele vinha para Tujagues desde a faculdade, quando ele e um irmão de fraternidade chamado Roland haviam sofrido com apetites enormes e salários mínimos. Eles sempre podiam contar com uma grande refeição em Tujagues, porque Antoine não era apenas o velho amigo de Jem, mas também o pai de Roland.

Embora Sam mal pudesse visualizar Roland depois de duas décadas, ele nunca esqueceria a noite em que seu amigo fora morto em um incidente tolo no bairro. Quando ainda eram adolescentes idiotas, Sam e Roland haviam entrado em uma briga depois de um jogo de futebol. A briga acabou quando Roland foi jogado pela janela de um bar na Basin Street, e teve sua jugular cortada no processo. Sam lembrava-se de pouco mais do que de estar deitado na rua olhando para a barriga de um cavalo, enquanto um policial imponente descia da sela. Nos anos que se seguiram, Sam havia mantido contato com Antoine, ajudando-o sempre que podia.

Sam olhou para cima quando Antoine puxou uma cadeira. — Leon Duval me disse que você vai consertar a antiga casa de seu pai. Você tem dinheiro suficiente?

— Duval fala demais, especialmente para um policial. E sim, eu recebo uma pensão. Saí da polícia de Los Angeles depois de vinte anos de serviço. Obrigado por perguntar, Antoine.

— Por nada. Lembre-se de que estou aqui para te ajudar. Tentei escrever para você quando sua esposa morreu, mas não consegui, Sam. Não consegui achar as palavras. Sabia que a dor rasgaria você em pedaços, não importa o que eu dissesse. Mas vai por mim, as coisas vão melhorar com o tempo.

— Elas não têm como ficar muito piores.

— Eu sei, Sammy. Fico feliz que você tenha conseguido um cachorro como companhia.

— Tem alguma coisa que Duval esqueceu de mencionar em seu relatório?

— Duval não mencionou nenhum cachorro. Eu a vi quando Charles estava brincando com ela lá na cozinha. Estou feliz que você a trouxe. Mas se o Departamento de Saúde aparecer, diremos que ela é um cão-guia.

— Ela me ajuda mais do que qualquer um que eu conheça.

— Golden Retriever, hein?

— A única coisa de ouro nela é a rapidez com que ela acaba com o pote de ração.

— Sim, ela está lá atrás mandando ver em um dos nossos ossos neste momento, — ele sorriu. — Você já foi ver a Maire?

— Passei por lá na minha primeira noite de volta. Aliás, estou investigando não-oficialmente uma garota dela que pode estar desaparecida. Pode ser que a garota apenas tenha decidido sair da cidade. Ela é mulata, com vinte e poucos anos... Se chama Madsen. Tem olhos grandes, cabelos escuros encaracolados na altura dos ombros, uma pequena pinta na bochecha esquerda. Você pode perguntar por aí e se manter alerta? E não diga a Duval que eu estava perguntando.

Ela provavelmente seguiu em frente, mas poderia estar com problemas.

— Eu farei isso. Agora coma, — disse Antoine antes de sair mancando atrás de um garçom.

Enquanto Sam fincava uma vieira com o garfo, ele notou o estranho observando-o novamente. O cara parecia menos um turista e mais um visitante frequente ou de longo prazo. Sam avaliou o que restava de uma truta fresca no prato do homem antes de ver o título do panfleto que o sujeito estava lendo - uma brochura do aquário de Nova Orleans. O sujeito corpulento aparentemente gostava de peixes, mas não tanto que não os consumisse. O homem pagou sua conta em dinheiro, verificou seu Rolex de ouro e jogou um maço de notas para o garçom. Um novo-rico, Sam imaginou, se dando bronca por não ter deixado sua propensão à avaliação profissional em um arquivo velho em LA.

Sam estava cutucando outra vieira quando um garfo apareceu de repente sobre seu prato. — Você se importa? — Duval perguntou com um sorriso. Ele pegou uma vieira sem esperar por uma resposta.

— Duval, de onde diabos você veio?

— Da cozinha. Eu vi a Shelby, e Charles acabou de ir dar uma volta com a sua filhote, então eu esperava encontrar você por aqui.

— Estou comendo. Pode esperar? — Sam suspirou quando Duval puxou uma cadeira e sentou-se sem convite. — Acho que devo encarar isso como um "não", — ele murmurou.

Enquanto Sam estava sinalizando para o garçom para pedir um prato para Duval, o estranho sombrio na outra mesa se levantou para sair, deixando cair o guardanapo no chão no processo. Ele alisou os vincos nas calças, chutou o guardanapo para debaixo da mesa e pegou um charuto. Sam notou que, embora o homem fosse tão cuidadoso com as roupas, ele tinha lama nos sapatos.

Quando o estrangeiro acendeu o charuto, Sam reconheceu o aroma de Havana Esplendido. Não era um cgaruto barato. Era a mesma marca que um dos caras que havia prendido, um assassino profissional de Los Angeles, costumava fumar. O assassino, em uma saudação estranha à habilidade de Sam em ter resolvido o caso, havia enviado a ele seu estoque pessoal antes de ser encarcerado por toda a vida na Penitenciária de Terminal Island.

— Ei, você quer levar essa coisa fedorenta para fora, senhor? — Duval latiu perto da orelha de Sam. — Você não pode fumar em um restaurante! — O homem olhou para Duval enquanto ele se retirava.

Sam estudou a marcha do homem, ainda tentando descobrir onde o vira antes. O formato da cabeça parecia familiar. Ele se perguntou se o havia visto na casa de Maire. Ou talvez no Stanley Restaurant na Saint Ann Street naquela manhã? Não era característico dele esquecer um rosto. Ele estava ficando enferrujado.

— Ela está morta, — disse Duval, interrompendo os pensamentos de Sam do nada.

Sam foi completamente pego de surpresa. — Quem? — ele perguntou.

— Madsen Cassaise. — Duval engoliu o vinho de Sam, sacudiu-o pela boca e engoliu. — Ela está morta.

Sam sentiu como se estivesse parado na areia na maré alta. Ele ouviu as palavras caírem da boca de Duval como bigornas, batendo sobre a mesa enquanto aterrissavam. Ele pegou seu vinho e tentou ficar atento ao que Duval estava dizendo.

— Ela ficou como uma anônima no necrotério por um tempo antes que eu soubesse disso. Tive um palpite, então enviei Maire para identificá-la. A vítima supostamente não tinha família. Maire não queria que a menina fosse um enterro de caridade na cova comunal em Rest Haven, então providenciei para que o corpo fosse liberado aos cuidados de Maire, que foi generosa o suficiente para pagar por um caixão simples. Aparentemente, ela se afogou no rio. A água em seus pulmões indicava que ela ainda estava viva quando entrou. O médico legista disse que ela mostrava sinais de intoxicação e overdose de drogas. Ninguém sabe para onde ela foi antes disso.

— Intoxicação? Ela me disse que não bebia.

— Caramba, Sam, estou surpreso que ela não tenha lhe dito que ainda era virgem.

— Então Maire tem certeza de que era Madsen?

— Bom, a garota estava em mau estado por causa da corrente de água, mas sim. De qualquer forma, a vítima foi liberada da funerária esta manhã e a colocaram para descansar no cemitério de Lafayette, em Washington. Tentei entrar em contato com você, mas como você ainda não tem telefone e você não estava em lugar nenhum, tive que vir te procurar. Não sei o número do seu celular. — Ele deu de ombros.

Sam balançou a cabeça. Ele estivera visitando Mammy Jem e falara com ela sobre Madsen. Mas ele não estava com disposição para discutir isso com Duval agora. Ele sentia vontade de bater em alguma coisa. — Bom, parece que você tem tudo sob controle, Duval, — disse Sam enquanto empurrava o prato para longe.

— Não tão rápido. Fica complicado daqui. A mãe dela apareceu esta manhã.

— A mãe dela? Você acabou de dizer que ela não tinha família.

— Eu disse "supostamente". Madsen deve ter mentido para Maire sobre não ter uma família, Sam. Tentamos encontrar qualquer parente apenas para ter certeza, mas não descobrimos nada. Parece que Madsen mudou seu nome, identidade e tudo depois de sair de casa sem deixar vestígios, anos atrás. Assumimos que ela havia contado a verdade sobre estar sozinha, e então do nada a mãe dessa garota aparece e não larga mais do meu pé.

— Como a mãe descobriu?

— Coincidência, eu acho. A mãe veio de Picayune, Mississippi, para ver sua filha. Só que quando ela chegou aqui, sua filha tinha acabado de ser enterrada. Eu me pergunto se Madsen sabia que sua mãe estava vindo.

— Só se ela tivesse ouvido de você em seu passeio da meia-noite, Revere.

— O que?

— Deixa pra lá.

— Olha, Sam, a mulher seguiu a filha até a casa de Maire.

— Ah, então a casa de Maire está no Guia de viagens da cidade agora?

— Caramba, eu daria a ela cinco estrelas, — Duval sorriu. — A mamãezinha, infelizmente, está ameaçando tornar as coisas difíceis para Maire e seus negócios. Acho que ela pensa que Maire, como empregadora de Madsen, foi de alguma forma responsável por não cuidar melhor de sua filha. Maire pode se deparar com alguns problemas que nem mesmo eu vou conseguir segurar.

— E onde eu entro nisso?

— Alguém não envolvido precisa acalmar a mãe. Você poderia falar com a mãe de Madsen por mim. Ela já sabe que você foi uma das últimas pessoas a ver sua filha. De fato, se eu não te conhecesse bem, consideraria você um suspeito.

— Sério, Duval?

— Sim. Não parece bom, Sammy. No mínimo, faz de você uma pessoa de interesse. Mas estou disposto a ignorar algumas coisas, se você puder me ajudar.

— Que conveniente. Então eu ajudo você e você me tira da lista como possível suspeito.

— Mas que inferno, só estou pedindo para você dizer àquela mulher macumbeira que Maire cuida bem das meninas e que você era amigo da filha dela.

Sam estremeceu com a escolha de palavras de Duval. Ele esfregou os olhos e depois colocou o guardanapo sobre a mesa. — Jesus Cristo, Duval, ontem você queria que eu ficasse a dez quilômetros de distância disso, o que eu estava contente em fazer, e agora você está falando justamente o contrário. — Ele fez uma pausa e suspirou em frustração. — Ok, eu vou tentar acalmar a mulher, mas apenas por causa de Maire. Onde ela está ficando?

— Na casa de Maire.

— O que?

Leon deu de ombros. — Porra, amigo, a mamãe não é nenhuma duquesa. Ela era uma ex-anfitriã como Maire, então Maire disse à mulher que ela poderia ficar uma ou duas noites enquanto empacotava os pertences da vítima. Ela pensou que isso poderia ajudar a acalmar as coisas. Apenas uma cortesia.

— Caramba, eu senti falta dessa hospitalidade do sul.

Duval deu uma piscadela para ele. — Ouvi dizer que ela não sentiu sua falta.

— Você ouve bem demais. E não vê o suficiente.

— Vejo o suficiente para saber que você foi visitar Maire. E Jem também. Como está sua velha Mammy? — Duval perguntou.

— Ótima. E fique fora da minha vida. Eu já superei aquele velho conforto do sul com o qual crescemos em St. Tammany. Eu fico na minha esses dias.

— Pode deixar, amigo. Sinto muito, eu não queria me intrometer. Eu só estava tentando fazer você se sentir bem-vindo e tudo o mais. E eu gosto de cuidar dos meus amigos. Se você pudesse apenas lidar com a mãe de Madsen, eu ficaria muito grato. Você é um grande diplomata, Sammy. Bom, quando você quer ser. Você é melhor nisso do que eu jamais vou ser.

Quando Duval se levantou para sair, Sam sentiu vergonha por ter sido tão ríspido. Ele observou o grandalhão sair, sabendo que deveria se desculpar. Parecia que Duval estava tentando remontar o time da faculdade. Duval tinha sido o formidável linebacker, cuidando da retaguarda, enquanto Sam havia conquistado toda a glória como quarterback. Duval nunca pareceu se importar desde que vencessem o jogo e ele pudesse ir a festas com os caras. Duval sempre irritava Sam, mas eles tinham uma história.

Ele queria ir atrás de Duval para acalmar as coisas, mas quando a porta se fechou, Sam permaneceu em seu assento. Ele decidiu que iria falar com Duval na manhã seguinte e talvez tentar ser um pouco mais civilizado.

Ele ficou sentado mais um pouco antes de um movimento na rua chamar sua atenção. Pela janela, ele viu o estranho do restaurante saindo da sombra da varanda que ladeava o prédio adjacente. Raios de luz marcavam o rosto do homem, dando-lhe a aparência de louça quebrada.

O homem hesitou antes de olhar por cima do ombro. Quando a silhueta de uma figura maior dobrou a esquina à sua frente, o estranho saiu do meio-fio e seguiu na mesma direção. Ele estava seguindo Leon Duval.

Depois de jogar o dinheiro na mesa, Sam saiu correndo de Tujagues, deixando Beatrice para trás na segurança da cozinha. Ele virou para o leste na Decatur e correu através da noite escura, mantendo os olhos e os ouvidos alertas para os sons de uma briga. Ele não podia mais ver Duval ou o estranho.

Depois de vários quarteirões, Sam parou para recuperar o fôlego. Sua cabeça latejava com o vinho e ele respirava rapidamente. De repente, ele foi alertado pelos sons de alguém brigando nas proximidades. — Duval? — Sam esperou vários segundos por uma resposta. A rua ao seu redor estava escura e deserta, o que deixava seus nervos ainda mais à flor da pele.

Enquanto virava em um pequeno beco perto da antiga casa da moeda para seguir os sons, ele automaticamente esticou o braço para pegar uma arma que não estava mais lá, fazendo-o se sentir nu e vulnerável.

Sam pulou uma cerca ao lado do beco e se viu em um pequeno pátio cheio de rosas e oleandros. Ele se escondeu atrás da fonte e esperou. Não havia indicação de perturbação no pátio, nem sinais de vida.

Os passos recomeçaram do outro lado da parede. Sam escalou com pouco esforço, a parte superior do corpo ainda forte e musculosa, apesar de sua falta de ar. Quando ele parou para ouvir, percebeu que os passos não eram de Duval.

Sam podia identificar as pessoas por meio de passos, gestos e movimentos a longa distância, mesmo quando não podia vê-las distintamente. E ele sabia que os passos que ouvira eram os do homem no restaurante. Mas como Duval havia desaparecido tão rapidamente, ele se perguntou? Ele estava inconsciente em um beco em algum lugar?

O estranho estava a apenas vinte metros à frente no beco atrás da Avenida Barracks, então Sam começou a correr novamente. Ele seguiu os passos por mais alguns quarteirões, enquanto lutava contra o desejo de regurgitar seu rico jantar. De repente, os passos fizeram uma curva acentuada em direção ao rio. Sam sentiu uma pontada de consternação ao se lembrar da lama nos sapatos do estrangeiro. O cara provavelmente estava muito mais familiarizado com a área deserta do rio do que ele. Pelo menos, eles estavam ambos igualmente prejudicados pelas grandes refeições, mas a dor de cabeça de Sam era um problema adicional.

Quando os homens estavam longe o suficiente do French Quarter para estar nas proximidades do Mandeville Street Wharf, Sam se escondeu atrás de uma cabana e levou um momento para ajustar os olhos à escuridão. Havia muito pouca luz da lua e uma espessa neblina vinha do rio. Enquanto ele fazia uma pausa para seu peito parar de arder, ele ouviu atentamente até o som de um barco que se aproximava abafar os passos. Sam esperou pacientemente na esperança de que o barco fosse lhe dar uma pista do que estava acontecendo.

Assim que o barco passou, Sam examinou o topo do dique. Ele mal conseguia distinguir uma sombra se movendo ao longo da margem, agora levemente iluminada pelas luzes do barco que passava. Ele correu a toda velocidade atrás da sombra.

Quando ele chegou ao topo do dique e percebeu que agora estava completamente descoberto, subitamente ocorreu-lhe que isso poderia ser uma armadilha. Por que alguém estaria atrás dele, ele não tinha certeza. Afinal, ele não era mais policial e não tinha dinheiro suficiente para atrair um assaltante. Mas um ataque a ele poderia ser um aviso para seu amigo policial, Leon Duval.

Embora Sam pudesse sentir o cheiro do seu próprio suor, ele estremeceu apesar do calor úmido. De repente, ele gritou para o barco que passava no rio; se ele ia morrer, ele queria que alguém testemunhasse. Infelizmente, o barulho dos motores do barco abafou sua voz. Ele ficou no chão, ouvindo. Depois que o barco passou, ele não ouviu nada além de sua buzina derretendo no ar da noite. Nesse ponto, Sam decidiu deixar o heroísmo para os policiais de Nova Orleans.

Ele desceu pelo lado do dique nas margens do rio e deslizou pelo aterro até ser parado pelo que parecia um muro baixo de madeira. Quando ele passou as mãos pelo muro, percebeu que o que ele pensava ser algum tipo de muro era na verdade uma caixa de madeira com cerca de um metro e oitenta de comprimento e três de largura. Pelos lados da caixa havia vários buracos do tamanho das pontas dos dedos.

Rastejando pelo caixote, ele notou que havia algo de peculiar na caixa barata, tipo caixão, largada ao ar livre. Ele sentiu o perfume de gardênias. O perfume era fraco, mas detectável. Sua mente se esforçou para detectar de onde vinha essa forte associação em seu arquivo mental. Ele estava formando uma imagem mental quando a fragrância se misturou com o cheiro de um charuto Havana.

Ele ouviu um som de estalo. Seu cérebro registrou o som do golpe um instante antes que ele o sentisse. Seu corpo despencou no chão. Quando Sam estendeu a mão para sentir sua cabeça, estava úmida e pegajosa. Ele cheirou algo doce quando seu rosto caiu na grama ao lado da caixa. Os passos ficaram mais fracos, e um gemido baixo se registrou em seu cérebro pouco antes de ele desmaiar.

7

À DERIVA, EM UM ESTADO ENTRE INCONSCIÊNCIA E LUCIDEZ, SAM concentrou-se em Jemima, que estava sentada em uma velha cadeira de balanço, seus olhos manchados de amarelo tentando capturar seu olhar errante. Em seu estado de sonho, ele entrara em sua casa, uma cabana pintada de azul brilhante com persianas vermelhas. A porta da frente ficava a um passo da rua e ao lado de um bar gay barulhento em Dauphine and Dumaine.

As palavras *Honne* e *Respe* haviam sido pintadas à mão sobre um crucifixo montado perto da porta. Sam lembrou-se das palavras de sua juventude "honra" e "respeito", a tradicional saudação ao se entrar em um lar haitiano.

As notas de um solo de Blues soavam contra a umidade sempre presente quando Sam entrou na sala. Um altar no canto estava cheio de apetrechos de vodu e velas acesas.

— Esta área ainda é um lugar seguro para Jem? — ele perguntou à prima de Jem, Duffault, que a estava esfriando com um leque de seda.

Duffault riu. — São todos gays. O máximo que eles farão com você por aqui é te amarrar e pentear seu cabelo!

A risada de Sam o levou ao limite da consciência, mas então ele voltou a cair. Ele e Jem estavam subitamente rindo e bebendo. Sam estava sentado no chão ao lado dela, enquanto uma brisa com cheiro de jasmim entrava pelas janelas estreitas que se estendiam do chão ao teto.

Em seu sonho, Sam sorria amplamente enquanto Jem falava, ocasionalmente voltando ao espanhol ou francês. Ele sentia vergonha por ter esperado tanto tempo para visitá-la, mas seu atraso fora motivado pelo medo de ver por si mesmo o quanto ela havia envelhecido.

Ele estudou a mão dela enquanto ela se abaixava para acariciar Beatrice. Os dedos calejados estavam parcialmente paralisados, resultado de seu primeiro derrame. Agora ela estava cega de um olho, e um segundo derrame a deixara incapaz de se locomover sem mancar fortemente. Sam ficou chocado com o quão velha ela parecia em comparação à sua última visita, mas ela ainda tinha o mesmo fogo. O assustou pensar em perdê-la. Ele fez outro esforço para sair do sonho, mas mais uma vez cedeu.

— Eu preciso da sua ajuda, Jemima, — Sam disse a ela. — Eu tenho uma amiga, uma garota chamada Madsen, que pode estar com problemas. Ela é uma seguidora como você.

Sam lembrava das histórias de como Jem havia sido uma jovem "mambo" em Porto Príncipe, uma sacerdotisa vodu de grande honra. Em St. Tammany, ela se tornara lendária, tanto pelos seus encantos de vodu feitos a mão quanto pela sua personalidade forte. Sam sorriu com suas lembranças das noites preguiçosas passadas sentadas com Jem sob os ciprestes cobertos de musgo na baía próxima, analisando a vida regada a uma garrafa de rum.

— Você pode me dizer em que tipo de problemas Madsen se meteu, Jem?

Jem acenou com a cabeça em direção a um armário com portas de persianas, onde estava escondido um altar coberto com maços de remédios, cigarros, crucifixos, chocalhos e uma garrafa de Barbancourt. Em uma mesa separada perto do altar, as cartas de adivinhação de Jem estavam abertas. Os objetos estranhos no altar pareciam misteriosos e ameaçadores. Sentindo seu desconforto, ela lhe lançou um sorriso torto, revelando uma lacuna onde haviam estado os dentes da frente. — As tradições haitianas e africanas fornecem proteção. É assim que eu mantenho você em segurança, garoto.

Sam indicou a pintura de uma divindade usando cartola e óculos com uma lente escura. — Essa mesma imagem estava acima do altar de Madsen na casa de Maire.

— Gede. Então ela era Petwo, dos mesmos espíritos haitianos que eu, que uma vez fomos escravos.

— Esses pequenos vasos cerimoniais também estavam no altar dela. — Ele indicou um vaso govi que Jem uma vez havia lhe dito que continha o espírito de sua mãe morta. Quando criança, ele havia tentado fazê-la sair do jarro oferecendo-lhe sua sobremesa favorita, pudim de pão, mas ela não tinha vindo.

Sam de repente quis escapar do sonho novamente, mas o aroma apimentado de gumbo fervendo no fogão o atraiu de volta. Um saxofone na rua e uma fonte espirrando água acariciavam seus ouvidos com notas sonoras.

O som da água ficou mais alto e Jem desapareceu lentamente. A voz dela foi para um lugar distante enquanto o frasco decorativo que continha o espírito de sua mãe mudava de forma.

Em seu sonho, Sam estava agora olhando para as costas de uma mulher. Ela estava vestida com uma túnica amarela macia, sentada em um altar. Ele estava deitado na cama, mal acordado, ouvindo enquanto ela falava com Beatrice. — Madsen, — ele a chamou. Sua cabeça doía e seu pescoço estava contorcido. Ele tentou se sentar, mas caiu para trás.

— Calma aí, cara, — Madsen advertiu com uma voz distorcida. A voz se aproximou, agora masculina e áspera, alcançando-o de um túnel. Quando ele abriu os olhos, Madsen desapareceu e seu sonho retrocedeu em um redemoinho de luzes. Sam estava de costas no chão, olhando para o céu do amanhecer.

— Calma aí, cara. Você quer ir para um hospital? — Sam tentou se concentrar no jovem de pele escura que estava ajoelhado sobre ele. A buzina de um navio e o cheiro de grama úmida eram sinais de que ele estava em algum lugar perto do rio.

— O que aconteceu com você? — a voz perguntou enquanto ela lentamente se unia ao rosto. O dique, agora iluminado em tons de ouro, sacudiu Sam de volta à consciência do lugar e do tempo.

— Não tenho certeza, — gemeu Sam —, acho que fui assaltado. Ele alcançou a parte de trás da cabeça, que doía cada vez que se movia. Então ele se lembrou do estranho que havia perseguido depois de deixar o restaurante. Seus olhos examinaram o dique em busca de sinais de seu atacante, mas eles estavam sozinhos. Quando ele enfiou a mão no bolso, ficou surpreso ao descobrir que sua carteira e chaves ainda estavam lá. — Você viu mais alguém por aqui? — Sam perguntou.

— Não, senhor. Eu estava a caminho do cais quando pensei ter visto um corpo deitado aqui. Eu achei que você estava morto até ouvi-lo murmurando. Você tem alguma ideia de há quanto tempo está aqui?

Sam olhou de soslaio para a luz do amanhecer. — Desde a noite passada, eu acho. Você pode me ajudar a levantar? — Quando o jovem o ajudou a se levantar, Sam estremeceu com a dor em sua cabeça e lutou para manter o equilíbrio.

— Você tem certeza de que está bem? Tem um corte bem feio na parte de trás da sua cabeça. Está quase seco agora, mas eu ia querer dar uma olhada nisso, se eu fosse você.

— Eu vou, garoto, obrigado. — De repente, Sam lembrou que Beatrice ainda estava na cozinha de Tujagues, e ele sabia que tinha que chegar até ela. Ele deu alguns passos, mas tropeçou várias vezes antes de recuperar o equilíbrio. O garoto continuou a observá-lo, obviamente preocupado com seu bem-estar.

Sam olhou para o chão para não tropeçar novamente. Algo estranho o fez parar de andar. Ele conseguia distinguir uma depressão distinta na grama coberta de orvalho. O recuo era do tamanho e formato de um caixão. Havia marcas na grama onde a caixa havia sido arrastada pelo outro lado do aterro até a beira da água. Mas não havia doca de carregamento lá. No que ele havia tropeçado?

Sam sacudiu sua confusão enquanto reunia lentamente os eventos que haviam antecedido seu ataque. Ele finalmente tinha ido visitar Jem no início do dia e, depois de deixá-la, foi jantar em Tujagues. *Ah, sim, ele tinha seguido o estranho do restaurante.* Ele fora atacado e depois perdera a consciência. Seu sonho com Jem havia sido uma lembrança da visita deles no início daquele dia.

Enquanto Sam tentava se lembrar de mais detalhes, ele olhou ao redor da área, examinando visualmente todas as árvores próximas. Ele tinha certeza de que sentira o cheiro de gardênias na noite anterior, agachado perto da caixa de madeira. Mas não havia um arbusto de gardênia em nenhum lugar à vista. O perfume desaparecera junto com a caixa que parecia um caixão.

Quando Sam voltou ao restaurante, o sol já havia aquecido a névoa da manhã, deixando um vapor no ar que já estava caindo sobre tudo. A equipe de limpeza abriu a porta de Tujagues para ele, permitindo que ele recuperasse uma Beatrice muito animada. Depois que ele a alimentou, ele a levou para fora e disse-lhe para se aliviar onde quer que ela quisesse. Ela escolheu uma planta que precisava ser regada. Ele encheu sua tigela com um regador de uma varanda próxima e esperou enquanto ela bebia.

— Sam, o que diabos aconteceu com você? — uma voz ecoou por trás. O som ressoou no crânio de Sam como um tiro de bala. Sam se virou para encarar Leon Duval.

— Caramba, Duval. Eu estava com medo de que você estivesse morto. Agora quase desejo que você estivesse. Você pode, por favor, falar mais baixo?

— Você esteve na farra?

— Caralho, não! Eu...

Duval o interrompeu. — Olha a sua cabeça! Que porra é essa? — Antes que Sam pudesse antecipar o próximo passo de Duval, Duval pegou a tigela de água de Beatrice e jogou a água na parte de trás da cabeça de Sam. Com uma mão carnuda, ele puxou Sam para perto para examinar a ferida.

— Que merda! Calma, Duval! — Sam gritou.

— Deixe-me dar uma olhada nisso. — Ele baixou as mãos nos ombros de Sam com tanta força que Sam não conseguiu se afastar. — Está tudo bem, a ferida está fechada. Desculpe pela água.

— Sim, você tem que se desculpar mesmo, imbecil. Pelo menos eu estou consciente agora. O que você está fazendo acordado tão cedo? — Ele levantou uma sobrancelha para as roupas desgrenhadas de Duval.

— Nunca fui para casa. Eu fui assistir TV na casa do Charlie Biscay e passei a noite no seu sofá. Grande erro. Mais desconfortável que um banco de pedra. Aliás, Charlie ainda é dono daquela loja de flores no Garden District e ele quer que você passe por lá.

— É o que pretendo fazer.

— Ele está esperando para ver você. Eu disse a ele que você estava de volta na cidade.

— Claro que disse. Agora, por favor, pare de falar. Sinto como se estivesse usando um cutelo de chapéu.

Duval parecia contrito. — Bom, você que perguntou por que eu estava aqui. Charlie agora mora no primeiro andar daquele prédio ao lado do Tujagues.

— Eu sei. Então foi para lá que você desapareceu ontem à noite?

— O que?

— Eu poderia confirmar isso com Charlie?

— Por que você está me interrogando?

— Esquece.

— Bem, então me diga o que aconteceu, Sammy. Vi que seu carro não tinha saído do lugar, então achei que você ainda estava festejando. Eu sabia que o cão estava seguro, então fiquei fora da sua vida como você pediu. Então, o que aconteceu? Briga de bar? Algum babaca ouviu que você era policial e decidiu te dar uma porrada de merda?

— Duval, por favor, sem conversa sobre merda hoje! São apenas sete horas da manhã. Minha cabeça não aguenta. Fui assaltado, só isso. Estou bem e vou embora. Beatrice, entra no carro, garota.

— Você precisa que eu escreva um relatório?

— Não.

— Que tal eu levá-lo para ver o doutor Fillet? Isso não parece um predestinado? Um cirurgião chamado Dr. Fillet?

— Sim. Hilário.

— Só que ele pronuncia "Fillet" como "ligue". Melhor para os negócios. Que tal eu levar você e a sua vira-lata até lá?

— Não, mas obrigado. Quero me limpar. Depois vou à casa de Maire para conversar com a mãe de Madsen, como você pediu, apesar de eu não entender o porquê.

— Obrigado, Sam, mas não perca muito tempo. Madsen era apenas mais uma prostituta perdida.

— Ela é a filha de alguém, Duval.

— *Era*, Sam. Mas se você descobrir alguma coisa, me avise.

Sam assentiu e se virou. — Não é assim que eu trabalho, amigo. — Sam murmurou enquanto se arrastava para a Shelby. Agora ele tinha outros assuntos a tratar. Isso havia se tornado um assunto pessoal. Alguém estava atrás dele. Fora apenas um aviso, ou ele estaria morto. Algo estava fedendo na cidade, e com certeza não era apenas o rio.

8

Enquanto Sam tomava banho, ele se perguntava se o Dr. Fillet poderia fazer jus ao seu nome e filetar seu crânio para ele se livrar do zumbido nos ouvidos. O golpe na cabeça também o deixara com ondas de náusea. Depois de se vestir, ele tentou comer uma torrada sem nada, depois bebeu três xícaras de café forte.

Ao olhar o jornal, ele fez anotações mentais do que estava acontecendo localmente, incluindo o desaparecimento de outra garota da idade de Madsen. A garota desaparecida, identificada como Carol Stone, também não tinha parentes. A proprietária do prédio onde ela alugava o apartamento havia relatado seu desaparecimento, mas amigos disseram que ela nunca ficava em uma cidade por muito tempo. Devia ser o caso mais antigo a que Duval se referira, pensou Sam. Ele automaticamente o guardou na memória.

Quando se sentiu mais alerta, trouxe algumas caixas do porta-malas do carro e as colocou em uma mesa de cartas que ele pegara para usar como escrivaninha. Depois de tirar a fita de uma caixa e retirar o computador e os papéis, ele viu uma foto de Kira em cima da pilha. Seu cabelo ruivo estava preso em um longo rabo de cavalo, e ela estava sorrindo como se continuasse respirando para sempre. Ela estava sentada na beira de um barco na costa de Cozumel, onde haviam passado suas últimas férias. A foto havia sido enfiada em um cartão de aniversário que ela o havia dado. Ele o virou para ler a inscrição que ele havia memorizado há muito tempo: Eu te amo, meu amor.

— Eu também te amo, querida, — disse Sam em voz alta antes de colocar a foto embaixo do teclado. Ele não podia deixar ela em um lugar onde teria que vê-la todos os dias. Ele precisava de distância. De alguma forma, ele sabia que ela entenderia.

Descansando a cabeça nas mãos, ele lutou contra o desejo de pegar a garrafa de bourbon que o provocava do peitoril da janela. Sam realmente queria esquecer tudo o que havia acontecido desde sua chegada ao Big Easy. Inadvertidamente, ele havia se envolvido em algo que ainda não conseguia definir, e tinha um corte desagradável na cabeça como recompensa.

Recorrendo ao seu antigo hábito de se punir mentalmente, Sam reviu os erros que havia cometido durante a busca de seu inimigo desconhecido: sem lanterna, sem arma, apenas um conhecimento vago do local onde estava. Ele deveria ter pedido ajuda ou pedido a alguém para estabelecer contato via rádio com Duval para garantir que ele estivesse seguro.

Ao iniciar a busca, Sam nem havia considerado que ele poderia estar em menor número. Ele sabia que estava um pouco fora de forma e talvez meio fora de si. A bebida entupira seu cérebro. Exceto por seus anos na faculdade de Tulane, ele nunca havia bebido muito até Kira morrer. Então ele deliberadamente escolhera a bebida para medicar sua dor. Há muito tempo, Sam suspeitava que ele estivesse se matando, mas não tinha nenhum motivo para parar. Mas agora ele tinha pelo menos um motivo para adiar. Quando Sam tocou seu ferimento na cabeça, ele percebeu o quão irritado estava. Se ele ia morrer, decidiu, seria por sua própria mão, não pela de outra pessoa.

Sam se levantou e procurou em sua caixa de pertences. Ele sabia que o que queria estava em uma caixa em algum lugar. Seu instinto de autossobrevivência o motivara a desenterrar algumas informações antes de sair de Los Angeles. Quando encontrou o jornal que procurava, olhou para o número rabiscado na página em tinta preta, como uma acusação amarga.

Enquanto discava o número, ele afastou o teclado e olhou novamente para a foto de sua falecida esposa. Depois de uma pausa, Sam finalmente falou. — É dos Alcoólicos Anônimos? — ele perguntou com voz rouca enquanto Kira sorria para ele.

9

— ENTÃO VOCÊ CONHECIA MINHA MENINA, SR. LERNER? — A MULHER negra perguntou a Sam. Ela usava um lenço turquesa na cabeça, uma blusa amarela de algodão e uma saia vermelha. Sam esfregou o crânio dolorido e desviou os olhos. Ela estava colorida demais para Sam conseguir se focar nela esta manhã.

— Eu a conheci, — disse ele à mãe de Madsen. — Ela era adorável.

— Sério? Ela é?

Sam examinou as posses no quarto de Madsen enquanto pensava na estranha resposta da mulher e no uso do tempo presente ao se referir à filha.

— Vocês, hã, não tinham muito contato? — ele perguntou, notando que a mulher tinha olhos lindos como a filha.

— Ela sumiu quando tinha doze anos. Sou uma mulher trabalhadora. Não tive tempo de ir atrás dela.

Sam observou os movimentos graciosos da mulher. Ela tinha dedos longos e delgados adornados com anéis de ouro. As mãos dela o hipnotizaram. Talvez fossem as mãos mais bonitas que ele já vira. Suas mãos acariciavam o ar como água corrente enquanto ela falava.

Ele memorizou as mãos dela e as catalogou em seu arquivo de fatos mentais: luvas tamanho médio, ele tinha certeza. Anel tamanho seis.

— Por que Madsen deixou Picayune, você sabe?

— Ela odiava meu trabalho. Parece que alguns dos meus clientes foram atrás dela. Você também?

Era interessante para ele como ela disparava suas palavras à queima-roupa. — Não, eu não, — afirmou Sam, mantendo seu olhar firme.

— Vim buscá-la porque ela precisava de mim.

— Ela entrou em contato com você?

— Do nosso jeito. A sacerdotisa local me disse para vir.

— Ah, sim, — Sam assentiu.

— Eu posso ver que você é um cético, — ela interrompeu. — Eu também posso ver que você está com uma dor de cabeça terrível.

Sam grunhiu, pouco impressionado. Uma pessoa não precisaria ser vidente para identificar um homem de ressaca e com um curativo na cabeça. Seus globos oculares estavam praticamente com hemorragia. — Sra. Cassaise...

— Não, é "Oleyant", — ela o corrigiu. — Madsen mudou de nome. Acho que tinha vergonha, mas ela acabou seguindo meus passos, no final das contas. Mas não é uma vida ruim se você não tem um homem para sustentar você.

— Suponho que você esteja certa. Sra. Oleyant, você tem alguma maneira de saber sobre as amigas dela?

— Ela não tem amigos.

Sam ficou magoado com as palavras dela. Madsen pensara que ele não ter pedido nada mais a ela do que compartilharem uma cama para dormir fazia deles amigos. Talvez Madsen estivesse certa - não era de um amigo o que ele realmente precisava também? Ela sentira isso e ficara ao lado dele por três dias. Agora Sam se sentia incomumente triste com o pensamento de sua vida terminando em um rio frio e escuro.

Sam tocou a mão da mulher, surpreso com o quão quente parecia. Sua pele estava cremosa, quase úmida. — Não posso expressar o quanto lamento por ela ter morrido, senhora Oleyant, — disse Sam em voz baixa.

Era verdade, ele não podia. Não mais do que ele fora capaz de expressar sua tristeza por Kira ter sido morta. Acontecera enquanto ele assistia, e ele havia assistido tudo repetidamente nos pesadelos agonizantes que sofrera tantas vezes desde aquela noite.

A mãe de Madsen interrompeu seus pensamentos. — Ela está viva. Ela não está morta, Sr. Lerner.

Sam fechou os olhos. Ele conhecia bem essa canção de negação. Era seu hit favorito nas paradas de sucesso: "Isso Não Aconteceu". *Tem uma batida ótima, fácil de dançar,* ele disse para si mesmo. Pessoas como ele, que conheciam a música de cor, queriam acreditar que se você negasse a morte o suficiente, poderia apagá-la. Estavam errados.

— Sra. Oleyant, — disse ele gentilmente —, Madsen foi enterrada. Ficarei feliz em levá-la ao cemitério para ver seu túmulo.

— Eu estive lá. Ela não está morta. Mas está com problemas. As mães sabem dessas coisas, — explicou ela.

Sam tentou esconder sua frustração enquanto olhava para a pintura grosseira de uma divindade do vodu montada sobre o altar de Madsen. A divindade sorria para ele como um mestre-sala de carnaval de cartola e óculos. Sam se perguntou que droga o tolo sorridente tomava. E onde ele poderia conseguir um pouco.

Enquanto pensava sobre como lidar com a mãe de Madsen, Sam continuou a andar pelo quarto. Nada parecia diferente além de alguns pedaços de frutas apodrecendo. Ele abriu a porta do armário e tocou o roupão macio de chenille que ainda estava pendurado no gancho. Então ele foi até a escrivaninha e abriu cada gaveta. Ele examinou as poucas posses de Madsen com o máximo de respeito possível, memorizando cada detalhe enquanto sua mãe o observava.

Havia uma coleção de folhetos de viagem das cidades de Nova Orleans e de pontos turísticos como o aquário, várias casas de fazenda e até uma fazenda de crocodilos. Um livro sobre estrelas de cinema e "*Adoráveis Mulheres*" de Alcott estavam escondidos embaixo das calcinhas de algodão limpo. Uma passagem de ônibus usada de Baton Rouge e o resto de outra de um ônibus para Belle Amie, sem data, estavam no fundo da pilha. A passagem de ônibus de Baton Rouge para Nova Orleans era datada de três meses atrás. Sam sorriu para a pequena foto emoldurada do ator Bradley Cooper, que Madsen evidentemente recortara de uma revista.

— Você parece saber onde estão as coisas, — observou a mulher.

— Apenas procurando por indícios de fuga, — disse ele em seu tom mais profissional. — Parece que ninguém sabe onde ela estava antes de se afogar.

Ele fechou a gaveta e se virou quando Celeste entrou na sala. Seu cabelo loiro parecia muito despenteado, e seus peitos fartos ameaçava romper seu quimono solto a cada respiração que ela tomava. Sam pôde sentir suas orelhas corarem. Ele ficou maravilhado com o modo como Celeste fazia com que o ar parecesse carregado de eletricidade.

— Ouvi dizer que você estava aqui, — disse Celeste sedutoramente. — Por favor, passe pelo meu quarto no final do corredor antes de sair. — Ela deu um sorriso tenso para a Sra. Oleyant antes de partir.

A mãe de Madsen estava estudando Sam com um olhar que ele tinha certeza de que poderia congelar alguém. O comentário dela foi inesperado. — Você tem tempero Cajun em você. Quanto de você é Cajun?

— Um quarto.

— Você é bonito. E honesto. Você pode me ajudar. — A sra. Oleyant enfiou a mão na bolsa e ofereceu uma foto a ele. Era de Madsen, sorrindo docemente, sentada no balanço da varanda do Clube. — Fique com isso por enquanto. Quero que descubra os detalhes que cercam o desaparecimento da minha filha.

Sam hesitou. Ele não queria se comprometer a ficar por perto tempo suficiente para ajudar. Além disso, isso não era da sua conta. Relutantemente, ele enfiou a foto na carteira enquanto a mãe de Madsen continuava olhando-o com curiosidade. A sensação de que ela estava olhando através dele o deixava desconfortável, e Sam queria terminar a visita. Enquanto caminhava em direção à cama,

Sam fez questão de roçar os dedos pela campainha pendurada perto da cabeceira da cama.

Na mesma hora, Maire apareceu na porta. — Você pode me ajudar a levantar umas caixas, querido? — ela perguntou em sua voz suave. Era a rotina deles. Ela estava dando-lhe uma saída digna de um político. Quando a Sra. Oleyant assentiu, Sam sorriu e completou sua fuga sem perder seu voto.

— Obrigado por me socorrer, Maire, — disse ele enquanto a seguia até a sala. — A propósito, você sabe se Madsen já ficou em outro lugar? Ela mantinha muito poucas posses aqui.

— Não posso dizer, querido, mas duvido. Ela era apenas pobre e muito sozinha. Mas quem pode dizer?

— Quanto tempo ela trabalhou para você?

— Talvez dois, três meses.

— Você sabe de onde Madsen veio? Ela obviamente deixou Picayune há muito tempo.

— Uma passagem de ônibus de Baton Rouge estava em sua gaveta, — ofereceu Maire. — Ainda pode estar lá. Fique à vontade para olhar.

— Eu vi. A data encaixa. Como você sabia que estava lá, Maire? — Sam brincou, arqueando uma sobrancelha. Na verdade, ele nunca ficava surpreendido com suas vastas fontes de informação.

— É o meu trabalho saber essas coisas, Sam Lerner. Eu administro uma casa de hóspedes de primeira classe.

— De fato, querida. Eu só estou perguntando porque Duval me disse que ela estava morta há algum tempo quando ele te enviou para identificar o corpo. De acordo com ele, ela estava desaparecida há mais tempo do que isso, o que implica que ela sumiu alguns dias antes de se afogar.

— Sim, eu acredito que ela saiu no mesmo dia que você. Ela provavelmente estava planejando apenas ir embora. A maioria se vai, mais cedo ou mais tarde. Exceto as mais velhas. Eu as levo para fora e atiro nelas, — ela sorriu.

— Ah, sim, você é tão durona, — ele sorriu enquanto pisava na varanda. — A propósito, Madsen tinha visitantes regulares?

— Ninguém em especial.

— Bem, se você se lembrar de alguma coisa, basta ligar. Eu tenho um telefone agora. E me informe se alguém a solicitar especificamente.

— Claro. Quanto tempo você planeja ficar em Nova Orleans, querido?

— Eu não faço mais planos.

— Então venha visitar. Eu estive pensando, talvez devêssemos considerar aquele "encontro" que adiamos por todos esses anos.

Sam parou na hora. — Meu antigo amor se digna disponível? — Sam balançou a cabeça lentamente de um lado para o outro, maravilhado.

— Talvez, — ela disse timidamente.

— Mas você não dorme com...

— Clientes? Você nunca foi um cliente. Você é meu Sam.

— As oportunidades que a vida me dá sempre vêm em péssima hora, Maire, minha querida. Você sabe que ainda não posso fazer isso. Ainda não superei, bem, você sabe...

— Eu sei. É por isso que eu ofereci, — ela sorriu, e então ela lentamente fechou a porta de tela.

10

Charlie Biscay inclinou-se sobre a velha varanda de ferro forjado, tentando pegar uma brisa na rua Decatur. Periodicamente, ele despejava água de um regador em uma das dezenas de plantas com flores dispostas em grupos de cores vivas ao longo da varanda. Uma pequena fonte em um canto era feita de mármore e mostrava dois meninos urinando.

Para Sam, a varanda de Charlie parecia um carro alegórico. Seu nariz estava irritado de tanto pólen, e ele podia sentir outra dor de cabeça vindo. Quando Sam espirrou alto, Charlie soltou um grito de surpresa antes de voltar sua atenção para suas plantas.

Sam estava sem bebida há vários dias, mas sua cabeça latejava o tempo todo. Quando ele finalmente foi ao médico, soube que havia sofrido uma concussão devido a seu ferimento na cabeça. Sam concluiu que fora atingido por uma tábua de algum tipo, porque ele vinha arrancando farpas da cabeça e do pescoço desde o ataque.

Quando Sam se sentou na varanda de Charlie, ele observou duas mulheres grandes que aparentemente estavam indo para o Restaurante Tujagues, que ficava logo abaixo e um pouco a oeste do apartamento. De repente, uma mulher gritou com Charlie quando a água que escorria atingiu seu cabelo rosa super penteado.

— Velha babaca, — Charlie murmurou baixinho. Ele então soltou um suspiro, deu um sorriso falso e acenou se desculpando antes de se abaixar em uma cadeira de balanço de vime.

Depois de ajeitar um lenço de seda no pescoço, ele pegou sua velha gata e deu uma longa tragada em um baseado. Charlie ofereceu o cigarro para a gata e sorriu quando ela o repreendeu em voz alta. — Você é tão chata, Barbra, — Charlie riu. Ele acariciou o pelo irregular da gata antes de voltar sua atenção para Sam.

— Você parece muito bem, Sam. A idade tornou essa sua cara ainda mais interessante. Eu gostaria de poder dizer o mesmo da minha. — Ele ofereceu o baseado a Sam, que recusou.

— Eu sei que você não está bem, Charlie. E eu realmente lamento por Dexter ter morrido.

— Obrigado. Eu realmente amava aquele homem. Vinte e três anos é um bom relacionamento, especialmente para nós, rainhas. Esta doença não tem piedade. Tem sido bem difícil, Sam.

— Eu sei, amigo. Duval me disse que você está em estágio avançado.

— Melhor avançado do que morto, — Charlie brincou sem entusiasmo. — Recebi tratamento tarde demais. Negação é a pior das assassinas. — Enquanto Charlie servia mais café gelado, seus braços finos estavam instáveis. As escamas vermelhas e acastanhadas do Sarcoma de Kaposi eram visíveis sob a maquiagem pesada que ele aplicara nas mãos e no rosto.

— Essas manchas parecem sanguessugas, não é? — Charlie perguntou sem olhar para cima. — Elas estão crescendo como adolescentes, estou pensando em começar a deixá-las dirigir.

— Como estão seus arranjos para o atendimento de emergência, Charlie?

— Bem, há dinheiro do meu negócio de flores, e eu vou voltar para a fazenda da família quando chegar a hora de me preparar para o meu lugar de descanso eterno, que eu espero que seja uma sauna gay onde todos os santos tenham grande senso de moda e bundas durinhas.

— Uma boa ideia. Sua casa de família fica em Bayou Lafourche, não é?

— Boa memória, Sambo. Venha se despedir, tá? Vou me vestir como Bette Davis em *"Com a Maldade na Alma"*. Vou ser uma visão maravilhosa. Faça-os me enterrar com um boá, e com pouco blush. E o que você acha da minha roupa com lantejoulas para a despedida?

— Eu não sou a melhor pessoa para se pedir conselhos de moda, — disse Sam enquanto se mexia na cadeira.

Sentindo o desconforto de Sam, Charlie gentilmente colocou a mão em seu ombro. — Eu fiz as pazes com isso, — ele sorriu tristemente. — Bette já dizia: "A velhice não é para maricas." E eu sou uma mariquinha. É melhor me despedir enquanto ainda sou linda.

— Me desculpe por não ter visitado muito nos últimos anos, Charlie. Eu provavelmente poderia ter te ajudado com os negócios e tudo.

— Não precisa. Leon Duval me ajuda um pouco. Às vezes ele é um pouco idiota, mas é um bom homem. Ele não é o homofóbico que era quando estávamos em Tulane. Acho que todos crescemos. Ele pega remédios para mim e assiste um filme comigo de vez em quando. E ele adora que eu aposte em esportes com ele, mesmo não sabendo a diferença entre futebol e basebol. Ele ainda não se tocou que eu não me importo de perder para ele em troca de companhia. Além disso, eu nunca pago.

— Ele veio aqui na noite em que eu levei um taco na cabeça? — Sam perguntou.

— Sim, ele mencionou que tinha te visto mais cedo no Tujagues. Às vezes ele gosta de dormir no meu sofá. Desde que aquela idiota da Linny Lard o deixou, ele fica um pouco solitário. E eu admito que ainda impressiona meus amigos quando um homem de uniforme sai do meu apartamento nas primeiras horas da madrugada, mesmo um sem nenhum senso de moda. Quem diabos corta o cabelo daquele homem, afinal?

Sam riu. Ele sempre gostara da amizade de Charlie, apesar de Charlie gostar de vestir sutiãs com enchimento de vez em quando.

Mas Sam hoje tinha mais em mente do que uma visita casual. Ele esperou que seu amigo tomasse outro trago antes de ir direto ao ponto.

— Charlie, você já conheceu uma garota de programa chamada Madsen? Eu sei que as garotas de Maire levavam seus clientes aos mesmos bistrôs que você costuma frequentar.

Charlie ficou quieto por um momento antes de se levantar para tirar algumas folhas mortas de um gerânio. Sam estudou a linguagem corporal de Charlie enquanto seu anfitrião puxava nervosamente as folhas. — Não sei se lembro de alguém com esse nome, — Charlie respondeu calmamente.

Sam repentinamente notou algo aninhado entre as hastes da planta que Charlie estava podando. Ele se levantou e foi até a planta. Alcançando entre as folhas, ele puxou um pequeno canário de pelúcia.

— Onde você conseguiu isso? — Sam perguntou.

— Bonitinho, não é? Eu os coloco em muitas das plantas que entregamos. Camisinhas para as bichas e pássaros para os héteros. É meio que uma marca registrada. É um problemão quando entregam as flores erradas. Muitas pessoas os colecionam, os canários, quero dizer.

— Madsen tinha muitos desses pássaros no quarto dela.

— Talvez ela tenha recebido flores da minha loja como presente, embora não entreguemos muito no estabelecimento da Maire... — Charlie parou no meio da frase enquanto olhava para a rua. — Uau, mas olha só, Sammy, parece que temos companhia.

Sam se inclinou sobre a varanda no momento em que Leon Duval aparecia. Ele olhou para Duval e depois olhou para trás tempo o suficiente para ver Charlie voltar para dentro.

— Achei que ia te encontrar aqui, — Duval gritou para ele.

— Você está atrás de mim como uma consciência pesada. O que fez você pensar que eu estaria aqui?

— Sou um policial brilhante. Isso e o fato do seu carro estar estacionado na esquina e você não estar no Tujagues. Tenho que falar com você, meu chapa.

— Seja o que for, por favor, me deixe fora disso. Meu crânio foi personalizado e eu estou de mau humor.

— Mas eu preciso do seu conselho. Por favor.

— Ah, merda, — Sam murmurou, — eu odeio quando as pessoas usam essa palavra. Do que você "precisa" agora, Duval?

— Bem, eu estou um pouco confuso. A mãe de Madsen está exigindo que desenterremos.

— O quê?

— Você sabe, o caixão.

— Eu sei que é o *caixão.* Mas por quê?

— Alguma merda assustadora de vodu. Ela não consegue aceitar o fato de que a garota está morta.

— O que você disse a ela?

— Eu disse a ela que poderíamos fazer isso logo depois de desenterrar Amelia Earhart.

Sam suspirou exasperado. — Você ainda é o poço de simpatia que sempre foi. Não se mexa. Estou descendo.

Quando Sam desceu da varanda para a calçada, o calor queimou através das solas dos sapatos. O aumento da pressão do ar sugeria chuva à noite. Duval estava encostado contra o carro quando Sam se aproximou. Ele esfregou o suor do rosto com as costas da mão e, em seguida, enfiou a mão no carro para pegar um engradado de cerveja.

Quando_Duval estendeu uma bebida, Sam balançou a cabeça e inconscientemente recuou alguns metros. — Não, obrigado, Duval. Parei com essa.

— Ah, foda-se isso. Você passou pelo inferno e merece algo para relaxar seus nervos. Isso quase não tem álcool. Além disso, está mais quente que um forno aqui fora. — Ele abriu uma lata e a pressionou na mão de Sam.

Sam sentiu o cheiro da cerveja enquanto a empurrava para longe. — Não, obrigado. Eu realmente parei.

— De vez?

— De vez. Com a ajuda de um barril de Advil e um programa de doze passos.

— Sammy, agora para que você fez isso? Esses programas são como religiões da nova era. Isso é coisa de Los Angeles. Simplesmente não é normal. E não parece certo eu beber sozinho enquanto você fica aí parado como um dois de paus.

— Você vai se acostumar com isso, — Sam riu. — Provavelmente antes do que eu. Além disso, você não está de serviço?

— Não, é o meu dia de folga. Encontrei a mãe de Madsen na casa da Maire. Ela tem coragem, exigindo que abramos o túmulo. Ela não faz parte da vida da garota há anos. E cuidamos bem de Madsen. A senhora Oleyant agora está usando algum ritual de enterro praticado em sua religião fajuta como uma desculpa legal para reivindicar o corpo.

— Bem, ela provavelmente sente que não teve uma chance real de se despedir de Madsen sem vê-la. — Ele conhecia a sensação muito bem. O memorial de sua esposa tinha sido um caso de caixão fechado porque os ferimentos dela eram muito ruins. Até hoje, ele não conseguia imaginar como toda a exuberância de Kira fora enfiada em uma caixa selada de mogno. E ele nunca sentiu que realmente tinha se despedido.

— Sam, Maire foi muito legal com essa garota. Foi bem caro pra ela enterrá-la e fazer uma lápide. Até consegui alguns fundos públicos para a cripta para facilitar um pouco pra Maire. Afinal, ela era apenas a empregada de Maire. Agora, essa mulher chega do nada na cidade e quer tirar o corpo da cova, e pra quê?

— Talvez você precise ser um pouco mais compreensivo.

— Ah pro inferno com isso, Sam. Espero que você não esteja querendo que eu concorde com isso! Aquela mulher era praticamente uma estranha para a vítima. E vai levar semanas e uma pilha de papelada pra fazer, isso se sequer conseguirmos aprovação do tribunal. Além disso, a mãe não tem dinheiro pra transportar a garota morta de volta para Picayune e enterrá-la lá, então também teremos que lidar com isso. Eu vou me ferrar só por tentar ajudar. Simplesmente não é prático.

— Duval, você pediu meu conselho. Eu estou dizendo para você concordar com isso. Algo sobre a Sra. Oleyant me diz que ela não vai deixar o assunto morrer até que tenha sua filha de volta. Talvez ela estivesse tentando, de alguma forma, recuperá-la desde que a garota foi embora. Esta pode ser sua última chance.

Duval suspirou e jogou a lata de cerveja vazia na lata de lixo. Ele errou. — Ei, garoto, você pode pegar isso pra mim? — ele pediu para um menino passando. O garoto pegou a lata obedientemente, jogou-a no lixo e depois mostrou o dedo do meio para Duval enquanto ele ia embora. Duval mostrou o seu de volta para ele.

— Tudo bem, — continuou ele —, vou começar a papelada, mas isso vai levar tempo. Ouvi dizer que a Sra. Oleyant realmente gostou de você, então será que você pode usar sua boa aparência pra encantar a senhora e tirá-la do meu pé por um tempo? Eu não tenho tempo pro seu melodrama.

— Eu não tenho tempo para o seu, Duval.

— Você não pode me ajudar um pouco? Eu estive cuidando da sua Mammy Jem muito bem no seu lugar todos esses anos, você sabe. Eu faço meus homens irem checar a velha senhora e controlar as brigas no bar ao lado para que ela não precise se preocupar.

— Sim, e eu te paguei para você fazer isso. Olha, eu vou conversar com a Sra. Oleyant se a vir. Mas deixe-me perguntar uma coisa: Por que você ordenou que eu não me envolvesse, e ainda assim continua tentando me arrastar para tudo isso?

Duval sorriu quando entrou no carro. — Se você realmente quer saber, eu esperava que um gostinho do velho trabalho de detetive pudesse fazer você querer voltar. Eu ia gostar de ter alguém aqui com seu cérebro e o seu histórico de casos resolvidos pra me apoiar, assim como eu apoiei você lá em Tulane. Você sabe que poderia ter se tornado profissional até ferrar o joelho, mas eu nunca deixei de cuidar da sua retaguarda.

— E você nunca deixou de jogar isso na minha cara.

Duval riu quando se afastou do meio-fio. — Bem, fazemos uma ótima equipe. Pense nisso, Sammy, — ele gritou.

De repente, Sam estava preocupado demais para pensar na oferta de Duval. Um homem de cabelos escuros os observava de perto de um Lincoln estacionado perto da esquina da Dumaine com a Decatur. Ocorreu-lhe que ele havia notado o carro pela primeira vez quando estava sentado na varanda de Charlie.

Enquanto caminhava em direção à Shelby, Sam sutilmente ficou de olho no estranho. A sombra do visor do carro caia sobre o rosto do homem, distorcendo sua imagem.

Quando Sam entrou no carro e se afastou do meio-fio, o Lincoln seguiu atrás dele.

ENQUANTO FAZIA uma rota tortuosa para o Clube de Cavalheiros de Maire, Sam ficou de olho no Lincoln. O carro ficou longe o suficiente para que o rosto do motorista permanecesse obscuro. Sam diminuiu a velocidade para virar a esquina na Bourbon Street antes de subir lentamente a Ursulines, onde a luz era mais forte. Pelo retrovisor, viu o Lincoln se virar para segui-lo.

Quando um veículo de coleta de lixo parou em frente ao Lincoln, Sam viu a oportunidade e pisou fundo, sorrindo quando a Shelby respondeu com entusiasmo. Sam entrou em um beco e fez uma rápida inversão de marcha entre os velhos prédios de tijolos. Ele endireitou o volante e apontou a Shelby de volta para a Ursulines, saindo diretamente atrás do Lincoln.

O motorista do Lincoln ouviu o ruído dos pneus na calçada e olhou pelo espelho. Quando viu Sam atrás de si, pisou no acelerador e virou para North Rampart antes de continuar pela St. Philip, passando pelo Parque Louis Armstrong.

Sam sabia que a Shelby poderia facilmente ultrapassar o Lincoln, mas o tráfego o impedia de ficar lado a lado com ele. Ele memorizou a placa do carro, que indicava que o carro fora comprado de um revendedor em Ponchatoula, mas Ponchatoula estava escrito errado. Seria uma perda de tempo tentar encontrar no sistema o que obviamente era uma placa falsa.

O Lincoln parecia estar se dirigindo para a interestadual até o carro abruptamente virar à esquerda. Sam pisou no freio quando o Lincoln desviou para North Villere. O suor queimou os olhos de Sam enquanto ele lutava para manter a Shelby sob controle. Encontrando uma brecha no trânsito que vinha pelo outro lado, ele saiu pela contramão e acelerou até encostar no para-choque traseiro do Lincoln.

De repente, um policial em uma motocicleta apareceu na esquina de North Villere e Lafitte. O policial acendeu as luzes quando ele entrou no cruzamento. Logo atrás da motocicleta, havia uma procissão fúnebre composta pelo que Sam estimava ser cerca de cinquenta pessoas a pé. Enquanto entravam no cruzamento, tocavam buzinas e faziam barulho em uma comemoração de despedida para a pessoa amada que partira, que aparentemente estavam carregando para o cemitério de St. Louis, nas proximidades.

De repente, a música parou quando cem olhos assustados se fixaram no Lincoln e na Shelby, que estavam se aproximando da procissão. Pessoas aterrorizadas repentinamente correram em todas as direções. O policial freou com força, forçando a motocicleta a deslizar de lado enquanto tentava em vão parar seu impulso para a frente.

Sam virou abruptamente à esquerda para evitar o policial. A Shelby pulou o meio-fio antes que ele pudesse parar o carro. Ele se virou e viu seu perseguidor no Lincoln se esquivando das pessoas que choravam ao cantar pneu pelo asfalto.

Quando o Lincoln virou na direção da interestadual, a multidão se aproximou do policial caído, que estava encarando Sam.

Sam voltou os olhos para a direção em que o Lincoln havia desaparecido. Ele vislumbrara o perfil do perseguidor, a inclinação da cabeça e a proximidade da cabeça aos ombros. Os movimentos do corpo do homem indicavam domínio da mão direita. O ajuste da jaqueta que o homem usava sugeria um gosto caro e uma roupa feita sob medida para se ajustar a ombros fortes e compactos.

Sam tinha certeza de que seu perseguidor era o estranho do

restaurante Tujagues, o mesmo filho da puta que devia ter atacado ele. Ele tinha uma vaga lembrança de também ter visto o cara nas sombras do pátio na casa de Maire. O que ele não conseguia entender era por que ele era o objeto de afeto sádico do homem. Mas ele tinha certeza de que tinha algo a ver com Madsen Cassaise.

11

Quando Sam chegou à casa de Maire, tudo estava quieto, como costumava acontecer à tarde. A gentileza cuidadosamente cultivada do estabelecimento sempre o fazia se sentir como se estivesse esperando seu par para o baile de formatura. Bem, talvez uma acompanhante para formaturas profissional.

Estranho, ele pensou, como havia perdido seu interesse antes ávido por prazeres sensuais e agora desejava pouco mais do que um conhaque e uma conversa tranquila com Maire.

Quando Sam abriu a porta para entrar no Clube de Cavalheiros, Celeste apareceu de repente, toda vibrante e quente. Ela lembrou a Sam uma versão feminina de Fagin, esperando para levar Oliver Twist pelo caminho do pecado. Sam não pôde deixar de notar as pernas bem torneadas que ficavam espiando pelas fendas da saia de seda que massageavam seu corpo a cada passo que dava. O caminho do pecado certamente poderia ser uma brincadeira atraente, decidiu Sam. Para outra pessoa.

— Celeste, justamente a pessoa que eu queria ver, — disse Sam como forma de cumprimento.

— Isso é o que toda garota quer ouvir, querido. Eu sou toda sua.

— Bom. Podemos pular as formalidades e ir até o seu quarto?

— Nossa, gatinho, você vai de oito a oitenta mais rápido do que o seu carro. Venha comigo.

Sam seguiu os quadris ondulantes de Celeste passando pelo quarto de Madsen. Eles viraram no corredor para a ala leste, onde Celeste ocupava o quarto do canto. Celeste havia decorado o espaço com lindas antiguidades e tecidos ricos que desmentiam o gosto que ela exibia em sua escolha de guarda-roupa.

Ela sorriu ao notar o olhar apreciativo de Sam. — Bonitos, não? Eu fui casada algumas vezes. Juntei algumas coisas legais pelo esforço.

— Com certeza. De onde você é?

Celeste hesitou antes de responder: — Biloxi.

Sam sentiu que ela estava mentindo, mas ele simplesmente acenou com a cabeça enquanto Celeste se sentia na cama de dossel e batia no lugar ao lado dela. — Sente-se, Sam, — ela pediu —, parece que você precisa de uma boa massagem nas costas. Ou que tal uma bebida?

Quando Celeste pegou uma garrafa na mesa de cabeceira, Sam ergueu a mão e a deteve gentilmente. — Obrigado pela oferta, Celeste, mas não obrigado a ambos.

Celeste olhou para ele com cuidado. — Você quer *alguma coisa*, Sam Lerner.

— Sim, na verdade estou aqui para fazer algumas perguntas sobre Madsen, — respondeu ele.

Celeste revirou os olhos e gemeu. — De novo não. Por que você e Leon Duval e todos os outros simplesmente não deixam isso para lá? Uma prostituta se afogou, por que criar tanto caso?

— Você não gostava dela, pelo jeito.

— Não foi isso que eu disse. Mas já que você falou, é verdade. Ela me dava nos nervos com aquela farsa de garotinha inocente. Ela não era diferente do resto de nós, só que ela estava esperando encontrar algum idiota babão que a tirasse dessa vida. Acho que ela viu *Uma Linda Mulher* umas vinte vezes, sabe aquele filme em que Richard Gere salva Julia Roberts de uma vida como garota de programa? Que besteira!

— Você não pode culpá-la por fantasiar, pode?

— Pra que? Parece que a nossa vida é ruim? Faço isso porque me divirto. Ganho muita grana e não me sinto culpada. Afinal, escoltas profissionais têm mais escrúpulos do que a maioria dos policiais, você não acha? — Celeste alfinetou.

— Bom, senhora, você provavelmente está certa, — Sam falou numa imitação perfeita de Gary Cooper em *Matar ou Morrer*.

Celeste riu. — Além do mais, — ela disse, flertando —, se eu tivesse escrúpulos demais, um bonitão como você não estaria decorando meu quarto agora. — Celeste estendeu a mão para tocar a coxa de Sam, fixando-o com um olhar intenso.

Sam gentilmente removeu a mão dela e a colocou de volta na cama. — Celeste, você parece ser boa e direta—

— Você poderia parar em "boa", — disse ela, interrompendo-o.

— Você com certeza é. Mas eu preciso de mais do que isso. Preciso de informações. Você sabe se havia alguém especial na vida de Madsen? Estou me referindo mais a alguém do lado de fora do que de alguém especial no "trabalho".

— Eu sou perspicaz, Sam, e percebo um interesse incomum de sua parte. Você foi enganado por ela também, não foi?

— Não, fui enganado por Duval. Eu costumava ser policial em Los Angeles.

— Eu ouvi dizer. Existem poucos segredos aqui no Hotel dos Hormônios, você sabe. Em resposta à sua pergunta, Madsen gostava de vários de nossos patronos, mas não me lembro dos nomes deles. — Ela caminhou até a penteadeira, puxou um Marlboro da gaveta superior e acendeu antes que Sam pudesse se levantar para oferecer um isqueiro.

— Você sabe quem pode ter dado a ela o perfume caro, o perfume Dolce & Gabbana Velvet Desire? Vejo que você também tem alguns, — acrescentou ele, já tendo tirado uma fotografia mental de sua penteadeira.

— Você é muito observador, — disse Celeste. — Eu não tenho ideia, — ela disse um pouco ríspida demais —, eu comprei os meus.

Sam observou por cima do ombro de Celeste enquanto ela arrumava os cabelos despenteados no espelho. — Madsen estava com medo de algum de seus patronos? — ele perguntou enquanto ela se arrumava.

Celeste parou de se mexer e olhou para Sam no espelho, a fumaça saindo de suas narinas como vapores de gelo seco. — Como diabos eu saberia de uma coisa dessas?

Antes que ele pudesse responder, Celeste se virou para olhá-lo nos olhos. — Talvez você não deva mexer com coisas que não são da sua conta, Sam. As coisas podem ficar difíceis. Parece que você esqueceu como fazemos as coisas aqui embaixo. Agora, se você quer que eu faça você se sentir bem, eu posso fazer isso. Mas não tenho tempo para sentar e conversar sobre uma prostituta morta o dia todo.

— Você parece estar na defensiva.

— Não, apenas ocupada, eu receio. — Celeste foi até a porta e a abriu, sinalizando que a conversa havia terminado. Ela projetou um quadril para o lado em um esforço inconsciente para suavizar sua postura. — Foi bom olhar para você, Sam Lerner.

Sam ficou satisfeito por ter conseguido mais informações do que ela pretendia dar. Ele se levantou e passou por ela no caminho para o corredor. — Obrigado por sua companhia, Celeste, — ele sorriu. — E você é realmente bonita, — ele disse por cima do ombro.

Ele ouviu a porta fechar silenciosamente, mas não até que ele tivesse virado no corredor adjacente, fora da vista dela.

Sam estava indo para a escada curva para encontrar Maire quando ouviu alguém falar baixinho seu nome. Ele se virou e viu uma jovem de pé no corredor, segurando várias sacolas e um pacote de roupas lavadas. Enquanto ela lutava com os pacotes, seus longos cabelos varriam o lado de trás dos joelhos como cortinas pretas ondulantes. Sam lembrou-se de tê-la conhecido brevemente durante sua estadia no Clube.

— Ramona, olá. — Ele pegou os embrulhos dos braços dela e empurrou a porta dela com um pé antes de segui-la para dentro. As paredes e os móveis modestos do quarto eram de todos os tons de azul que ele já vira. Ele ficou instantaneamente deprimido.

Enquanto esperava Ramona pegar as roupas das mãos dele, Sam foi em direção à janela. De onde estava, ele podia ver o quarto de Celeste na ala adjacente da residência em forma de L. Ela estava sentada em uma cadeira perto da janela. Quando ela olhou para cima, ela notou Sam a observando. Celeste acendeu um cigarro e olhou para ele sem expressão.

Ramona também estava olhando para ele. — Desculpe, — ele disse quando percebeu que ela estava esperando ele soltar suas roupas. — Eu estava sonhando acordado. Como tem passado, Ramona?

— Ah, tudo bem, eu acho. Você descobriu algo sobre Madsen? — ela perguntou suavemente.

— Como você sabia que eu estava investigando?

— Leon Duval disse para todas nós que você viria, porque você não ia ser capaz de deixar pra lá.

Sam balançou a cabeça. — Ele tem razão. É um mau hábito. Alguns deles são muito difíceis de largar, — Sam sorriu. — Ramona, você era amiga de Madsen?

— Mais ou menos. Fomos ao aquário juntas uma vez. Foi ótimo, eles tinham um jacaré branco! E uma vez fomos ver aquela grande casa de fazenda, Oak Alley. Foi muito chique. Pensei que devia ser legal viver em uma mansão assim. Mas Madsen disse que as pessoas provavelmente fediam naquela época porque não tomavam banho o suficiente e não usavam desodorante. E com aqueles vestidos pesados e tudo o mais...

Sam interrompeu gentilmente seu devaneio. — Madsen já recebeu telefonemas ou cartas, ou se encontrou com outros amigos?

— Não, na verdade, não. Acho que ela mencionou um cara local. Ela disse que ele queria tirá-la daqui, talvez levá-la para uma grande casa de fazenda como a Oak Alley. Mas isso provavelmente era apenas conversa fiada. Você já esteve em Oak Alley?

— Uma vez anos atrás.

— Você gostou?

— Sim, — Sam assentiu. — Levei minha esposa lá em sua primeira viagem a Nova Orleans. — Ele sorriu com a lembrança de Kira dizendo a um guia que, com todas aquelas árvores enormes, alguém deveria ter tido o bom senso de construir uma casa na árvore. Depois que voltaram para Los Angeles, Sam construiu uma casa na árvore para Kira no grande bordo que ficava no quintal dos fundos. Sempre que chovia, eles costumavam subir lá, beber vinho e fazer amor... Agora ele desejava que tivesse chovido com mais frequência no sul da Califórnia.

— Madsen disse que sua esposa morreu. Isso é horrível.

— Sim, foi, — ele assentiu.

— Eu acho que você tem um cachorro muito legal, pelo menos, — Ramona ofereceu timidamente.

Sam ficou maravilhado com a maneira como os pensamentos de Ramona circulavam e pousavam dispersos como mosquitos irritantes, mas quando viu a expressão sincera dela, ele sorriu novamente. — Sim, Beatrice é minha melhor amiga. Bem, Beatrice e um detetive chamado Joe Bowser em LA.

— São dois "detetives"! — ela sorriu.

— Eu nunca tinha pensado nisso dessa forma. Mas o faro de Beatrice é melhor do que o de Joe. — Ramona riu e jogou os cabelos para o lado. Sam olhou com admiração para suas longas madeixas antes de voltar para a janela.

— Você já conversou com Celeste? — ela perguntou, seguindo o olhar dele pela janela. — Ela não gostava de Madsen.

— Por que não?

— Um dos clientes de Celeste começou a perguntar sobre Madsen, então Celeste avisou Madsen para sumir de vista sempre que o cara aparecesse.

— Você conhece o cara?

— Não, mas um dia, quando eu estava no quarto de Madsen, eu a vi olhando pra alguém no pátio. Foi em um daqueles dias em que você estava dormindo aqui. Eu não conseguia vê-lo muito bem, mas ele era, sabe, meio volumoso, e ele tinha cabelos escuros. Ela parecia meio com nojo. É tudo o que eu sei, tirando que Madsen disse que estava sendo seguida e depois desapareceu logo depois disso.

— Você tem certeza de que ela não estava planejando uma viagem?

— Absoluta. Além de algumas viagens de um dia comigo, ela só saiu sozinha uma noite. Lembro que ela pegou um ônibus para ver outra daquelas casas de fazenda enormes. Ela teve que pegar minha mala emprestada porque a dela havia quebrado de vez. Ela passou por tempos muito difíceis. Ouvi dizer que ela estava trabalhando nas ruas em Baton Rouge por um bom tempo antes de vir para cá, mas não economizou nada. Eu tenho algumas ações, — acrescentou ela, orgulhosa, enquanto tirava da gaveta uma declaração de rendimentos com o nome de Ramona Slocum. — Olha só. Planejo ganhar o suficiente para voltar a Slidell e cuidar da minha família.

— Slidell, hein? Isso é ótimo, Ramona, — disse ele, memorizando o número de identidade dela por hábito. — Então, Madsen não pediu emprestada sua mala da última vez?

— Não.

Sam estava se perguntando por que Duval não se dera ao trabalho de lhe dar detalhes tão importantes. — Você contou a Duval sobre a mala ou sobre o cara de cabelos escuros no pátio? — ele perguntou.

— Não, ele não perguntou. Então, por que você não está ficando mais aqui? — ela exigiu enquanto seguia seus pensamentos dispersos em sua cabeça.

— Estou arrumando a casa da família em Chalmette. Beatrice está em casa guardando o castelo.

— Tem árvores bonitas lá?

— Sim, bem bonitas.

Ramona sorriu e aproximou-se do parapeito da janela. — Aqui, leve isso para sua casa, — disse ela, oferecendo-lhe uma begônia rosa-pálida. — Madsen me deu, mas eu já tenho uma. E eu sei que ela achava que você era um cara muito doce.

Sam corou. Em todos os seus anos como detetive de homicídios em Los Angeles, ninguém nunca o chamara de “doce”. Isso o fez se sentir muito bem.

— Obrigado, Ramona, — disse ele aceitando a planta. Um pequeno canário amarelo estava aninhado entre as flores. Sam imaginou Madsen como ela fora da última vez que a vira, quando ela ficara esperando pacientemente para conversar com ele, seu “amigo”. Ele sentiu como se a tivesse decepcionado, e agora ele queria afogar a vergonha de seu próprio fracasso.

SAM SE SENTOU no sofá de veludo na sala com Maire ao lado dele, suas longas pernas dobradas sob ela. Ela acariciou sua coxa enquanto se aninhava contra seu ombro.

— Que tal pegarmos algo para comer, querido? Eu tenho um pouco de carne assada e um maravilhoso queijo francês na despensa.

— Não, obrigado Maire, talvez mais tarde. — Ele olhou para a begônia, tentando se convencer de que não havia necessidade de se martirizar por causa de um monte de merda que ele não podia controlar. Ele havia decidido que iria satisfazer sua curiosidade sobre a morte de Madsen, manter a mãe longe de Maire e depois dar o fora daquele lugar. O encanto da cidade estava se esgotando.

Sam sabia que, se pudesse vender a casa da fazenda por um preço justo, poderia comprar um lugar em Florida Keys, onde poderia passar seus dias pescando enquanto Beatrice se deleitava ao sol. Os dois passariam o resto de seus dias em uma glória letárgica. Que plano maravilhoso.

Quando Maire apertou sua perna, a atenção de Sam voltou para sua adorável companheira. Eles estiveram conversando por três horas, consolidando os eventos dos últimos anos em sentenças concisas, com poucos detalhes e sem quaisquer desculpas.

Maire crescera em Nova Orleans. Como uma jovem bonita, ela tinha excelentes conexões, apesar de não ser de classe alta ou ter uma educação avançada. Ela saíra de casa aos dezesseis anos e se sustentara organizando encontros entre suas amigas e os homens ricos que conhecia em clubes de jazz locais. Quando as meninas lhe contaram sobre os presentes e favores que estavam recebendo, ela decidiu que era justo que ela ganhasse uma parte disso. Ela acreditava firmemente que estava prestando um serviço antigo projetado para satisfazer necessidades muito além das físicas. Para Maire, ela simplesmente se tornara CEO de um negócio lucrativo.

Aos vinte e um, Maire havia economizado dinheiro suficiente para assumir o Clube de Cavalheiros, depois que a Srta. Rue, a ex-proprietária, sofreu um ataque cardíaco e caiu de cara em um prato de lagostins salteados.

Sam riu quando Maire se lembrou de como os médicos tiveram que arrancar garras de lagosta do turbante amanteigado de Rue antes de levar a velha senhora rotunda para fora em uma maca guinchando. Enquanto Maire falava, a agitação de Sam começou a diminuir, e ele se viu rindo mais facilmente. Ao relembrarem uma amizade que tinham compartilhado desde que Sam era um adolescente inocente, ele sentiu suas paredes cuidadosamente construídas começarem a ruir. Ele a abraçou e a puxou para mais perto. Sam percebeu que conhecia Maire há muito tempo e precisara dela bem antes disso.

— Eu quero que você me faça um favor, Sam. — Seus olhos amendoados o estudavam com uma intensidade silenciosa.

— Qualquer coisa para você, você sabe.

— Quero que você deixe Leon Duval fazer o trabalho dele. Por favor, siga com sua própria vida, querido. Não vai ajudar você continuar fugindo disso.

— Eu tenho uma vida. Só tenho perguntas sobre a morte de Madsen.

— Deixe para lá, Sam. Eu sei o que você está fazendo. Você não pode continuar assumindo a responsabilidade por cada pessoa morta.

As palavras de Maire o atingiram com tudo. Sua mandíbula se apertou, enquanto lutava contra o desejo de se levantar e ir embora.

— Fale comigo, Sam. Por favor. Eu estive sentada aqui pacientemente, esperando você vir até mim e admitir que precisa de um amigo. Por que você está se matando por causa disso?

Sam ficou em silêncio, incapaz de responder. Durante todo o tempo em que se conheciam, Maire sempre soube quais eram suas defesas. E agora ela sabia que se ele se focasse em Madsen, ele poderia evitar lidar com sua tristeza pela perda de Kira. Mas Maire não estava disposta a deixá-lo fazer isso.

— Me conte como Kira morreu, — ela sussurrou.

Sam se afastou abruptamente dela. Ela havia feito a mesma coisa de novo. Jogado uma bola curva tão forte que o derrubara da base. — É melhor eu ir para casa e alimentar meu cachorro, — disse ele, rígido, enquanto se levantava e pegava a begônia que Ramona o havia dado.

Maire levantou-se lentamente do sofá. Com quase dois metros de altura, ela era capaz de olhá-lo quase olho no olho. Sam notou os pontos verdes em suas írises quando ele encontrou seu olhar. O repentino desconforto que sentiu pela proximidade deles o fez se sentir constrangido e tímido.

Maire se aproximou antes que ele pudesse se virar. Quando ela gentilmente colocou os lábios nos dele, Sam foi pego de surpresa novamente. Ele fechou os olhos, sentindo o calor da boca de Maire e a onda de calor que disparava pelo seu corpo. Então, ele a beijou de volta, com força. Algo dentro dele pareceu acordar enquanto seu corpo tentava acompanhar seus sentimentos voláteis.

Depois que ele a beijou novamente com uma fome que havia suprimido há muito tempo, ele se afastou lentamente e caminhou em direção à porta. — Acidente de carro, — ele disse por cima do ombro enquanto abria a porta de tela. — Minha esposa morreu em um acidente de carro. Ela estava levando seu velho VW para consertar os freios. Eu estava atrás dela no meu carro. O cinto de segurança falhou, então ela voou de cabeça no vidro e rasgou o rosto em pedaços. Ela levou três horas agonizantes para morrer. Tudo o que eu pude fazer foi ficar lá e assistir.

Sam voltou-se para Maire. — Eu deveria estar dirigindo o VW, Maire. Eu sabia que os freios estavam pifados, mas deixei Kira dirigir porque o carro era desconfortável para um homem do meu tamanho. Que nunca seja dito que eu não cuido bem de Sam Lerner. — Seus pulmões pareciam ter sido perfurados, mas ele de alguma forma chegou à varanda da frente.

— Querido... — Maire sussurrou.

Sam deixou o som da voz dela em algum lugar da sala enquanto fechava a porta silenciosamente atrás dele. Ele havia conseguido. No final das contas, não tinha sido tão difícil de dizer. Mas Kira ainda estava morta, e ele não podia trazê-la de volta. Ele se viu ao sol, encarando a begônia enquanto o pequeno canário amarelo o avaliava.

12

Madsen estava caindo novamente, caindo através da escuridão em um buraco sem ar que a estava puxando para o centro da terra. Ela descobrira o que era a morte. Ela estava sozinha no abismo negro enquanto ainda possuía os sentidos dos vivos.

Madsen tentou piscar os olhos. De repente, ela viu uma boca aberta. Uma risada saiu da boca, e o ataque do barulho a deixou tonta. Ela estava olhando para o homem sentado do outro lado da mesa. Ele sorriu e acariciou a mão dela. Ela pediu ao garçom mais molho de uísque para o pudim de pão antes de voltar seu olhar para a risada.

Então um segundo homem se juntou a eles. Madsen tinha medo do intruso. Ela o conhecia e tentou dizer o nome dele. Ele a ignorou enquanto servia o uísque, e exigiu que ela provasse o vinho. — Beba, — ele disse ameaçadoramente. — Não seja rude. — Seu companheiro desviou o olhar enquanto ele tentava esconder o medo e a tristeza em seus olhos. Madsen moveu a boca para falar, mas ela estava paralisada de terror.

Agora ela fechou os olhos e esperou a imagem dos homens desaparecer. Então ela ouviu vozes estranhas. Os sons vinham de algum lugar fora do buraco negro que a envolvia. A buzina de um navio chamando à distância, enquanto passos batiam no chão próximo.

De repente, ela estava se mexendo. Náusea subiu em sua garganta e o cheiro de bile cobriu seu nariz. Quando ela sentiu seu corpo se inclinar para um lado, um objeto frio caiu sobre seu rosto. Madsen o tocou com os lábios. Uma corrente, ela pensou. Então ela se lembrou do colar. Com a língua, ela puxou o pingente de prata oblongo para dentro da boca e tentou chupá-lo como uma chupeta, mas a boca estava muito seca.

A sede na garganta era dolorosa, então ela tentou esfregar a língua no topo da boca, mas os tecidos secos grudaram, fazendo com que ela se engasgasse. Ela engasgou com tanta força que sua cabeça saltou para cima no topo da caixa sufocante que a aprisionava. Os dentes dela furaram o lábio, banhando a boca com sangue. Ela chupou o próprio lábio como uma criança no seio de sua mãe.

Tremendo de medo, Madsen tentou não pensar em quanto tempo ela ficaria neste poço antes que os vermes se alimentassem de seu corpo. Talvez eles já a tivessem comido, e era por isso que ela não sentia nada abaixo do pescoço. Talvez os insetos tivessem se arrastado para dentro de suas partes íntimas para punir seu mal. Ela imaginou os insetos se reproduzindo dentro de sua cavidade corporal, vivendo dentro de sua morte.

— Ai, Deus, me ajude, — ela gritou silenciosamente. Segurando o pingente na boca, Madsen forçou a cabeça para cima e tentou arranhar a estrutura de madeira acima dela para que alguém a ouvisse. Ninguém respondeu. Ela repetiu seus movimentos desesperados até sentir o gosto de sangue vindo do seu nariz, que ela lambeu desesperadamente em uma última tentativa de se agarrar à vida.

Madsen sabia que ela estava à beira da loucura. Ela implorou a Deus que deixasse seu cérebro morrer, mas ele permanecia vivo para torturá-la. Ela sabia que estava caindo mais fundo na terra, onde ninguém poderia ajudá-la. Outro grito surgiu em sua consciência, mas nunca encontrou uma voz. Finalmente, a mente de Madsen quebrou. Enquanto a morte se aproximava, ela começou a tagarelar.

13

O SOM DA CHUVA DANÇANDO NO TELHADO DE METAL AJUDAVA SAM A pensar. Ele estava deitado na cama da antiga casa de fazenda com um braço apoiado sob a cabeça. Beatrice estava deitada no chão, desfrutando do ar fresco que havia sido trazido por uma leve tempestade do golfo. Enquanto a chuva caia suavemente, ela deixava marcas nos vidros das janelas empoeiradas. O sol restante estava aninhado baixo no céu sob a névoa que subia.

Sam estava pouco à vontade. Naquele dia, ele telefonara para Leon Duval para tentar passar a placa do Lincoln que o seguira pelo sistema. Como ele suspeitava, não havia placa registrada com aquele número. Duval também mencionou que havia preenchido a papelada necessária para exumar Madsen, embora estivesse esperando que fosse perder a batalha contra o juiz.

Sam estava sendo puxado para algo que não era da sua conta, mas já estava fundo demais para voltar. Ele sabia que, se queria respostas, era imperativo que ele recriasse mentalmente os perdidos três dias após sua chegada ao estabelecimento de Maire, exausto e emocionalmente esgotado. Enquanto tentava se lembrar dos detalhes, ele se acomodou em um sono leve, voltando para o quarto de Madsen.

Lembrou-se de levantar-se várias vezes para aliviar a bexiga, que continuava interferindo em seu sono. Quando ele voltou, Madsen estava envolta no roupão amarelo e um pingente de prata estava pendurado abaixo do decote. Ela estava segurando um livro de lendas do cinema, aberto em uma foto de Ava Gardner.

Depois que Sam voltou para a cama, Madsen falou sobre o quanto ela amava filmes e perguntou se ele iria a um cinema próximo com ela naquele fim de semana para assistir a um filme sobre uma prostituta na China. Ela disse que seria educativo ver como é a China. Quando Sam concordou, Madsen se inclinou para beijá-lo na bochecha como uma criança animada. Quando o pingente dela roçou sua bochecha, Sam notou que o medalhão cheirava como se tivesse sido mergulhado em perfume.

Agora, em sua cama em Chalmette, Sam de repente abriu os olhos e olhou para o teto. O quarto agora estava escuro, o luar difundido pela névoa. Beatrice mudou de posição para que a cabeça dela descansasse na bota dele. Sam sentou-se e tentou afastar os efeitos do sono enquanto ainda tentava captar as memórias que seu sono havia induzido.

Ele imaginou a gaveta de Madsen, a que ele havia inspecionado quando conheceu a mãe dela. Um livro sobre as lendas de Hollywood estava escondido debaixo de um suéter velho. Seu sonho tinha sido uma lembrança precisa de seu tempo com ela. Se Madsen queria ir ao cinema naquele fim de semana, por que ela desaparecera no dia em que ele fora embora? E Madsen havia dito a Ramona que estava sendo seguida. Ele coçou a cabeça enquanto passava as pernas compridas pela beirada da cama e se levantava para pensar com mais clareza. De repente, ele percebeu o que o estava incomodando na periferia de sua consciência. Ele acendeu a luz e pegou o telefone.

— Maire, por favor, — disse ele quando uma voz respondeu.

— Sinto muito, mas ela não está. Há algo que eu possa fazer por você, querido?

— Você pode chamar a Ramona para mim?

— Você está atrasado, — respondeu a voz, — Ramona se foi.

Sam tentou identificar as inflexões da voz por sobre a estática do telefone sem fio que ela estava usando. — Ramona se foi para sempre? — ele perguntou.

— Provavelmente, — a mulher riu. — Quem sabe? É o Sam Lerner?

— Olá, Celeste, pensei que fosse você.

— Venha tomar uma bebida, docinho. Nós não nos separamos em termos tão amigáveis, e eu estou sentindo um desejo no meu coração por você hoje à noite.

— Qual seria o motivo disso?

— Porque você não é como os outros. Você não espera nada.

— Bem, obrigado, eu acho, — disse Sam. — Mas eu preciso de algo hoje à noite.

— Diga, querido.

— Eu preciso de informações.

— Querido, você está sempre trabalhando. O que você precisa saber agora que está impedindo você de se divertir comigo?

— Conte-me sobre o pingente de prata de Madsen.

— *Folheado a prata,* — ela corrigiu.

— Eu sei. Mas tinha uma forma estranha. Tinha algum significado particular para ela?

— Na verdade, não. Ela comprou de algum vendedor de porta em porta. Mas ela simplesmente adorou. Ela até pediu para gravarem aquele pedaço de porcaria com o nome dela. Ela tinha um gosto barato.

— Por que ele cheirava a perfume?

— Vocês homens realmente não têm ideia de como funcionam as coisas das mulheres. O pingente se abria e um perfume sólido estava dentro dele, um perfume bem forte.

— Qual era o perfume, Celeste?

Sam sabia a resposta antes de fazer a pergunta, mas fazia parte do seu treinamento confirmar todos os fatos. Ele cheirara o perfume ao redor do pescoço de Madsen, e agora ele estava confirmando sua pior suspeita.

— Gardênia.

Sam estava mentalmente em outro lugar quando a voz dela

sumiu. Lembrou-se de cair na grama no dique enquanto tentava encontrar seu caminho no escuro durante a perseguição após o jantar em Tujagues. Deitado ao lado da caixa em forma de caixão, ele sentiu o cheiro de gardênia através de pequenos orifícios na madeira. Ele sempre tivera um olfato aguçado, e a fragrância do medalhão de Madsen era distinta.

Os restos mortais de Madsen estariam no caixão improvisado? E se Leon e Maire haviam providenciado seu enterro no cemitério de Lafayette, por que um caixão contendo seus restos mortais teria sido descarregado na frente da água a caminho do cemitério?

COM O PASSAR DAS HORAS, os ventos mudaram e a chuva se transformou em uma tempestade forte. Sam não conseguia dormir enquanto tentava descobrir seu lugar no melodrama no qual ele havia tropeçado de alguma forma. Seu constante desejo por uma bebida não estava ajudando, então ele decidiu se vestir e esperar Antoine abrir o restaurante para poder relaxar com um prato de ovos. Depois de calçar as botas, checou seu Timex vintage: quatro da manhã. Até Antoine ainda estaria dormindo.

Sam estava indo para o banheiro quando ouviu um som na janela. Ele automaticamente pegou o taco de beisebol que costumava usar para rebater as bolas para Beatrice pegar. O cachorro latiu alto quando Sam se abaixou e engatinhou até a parede, com o taco na mão. Ele lutou para controlar a respiração enquanto se aproximava do lado da janela e pressionava as costas contra a parede.

Beatrice continuou latindo, dificultando a identificação dos sons do lado de fora, mas se ele silenciasse o cão, entregaria sua posição no quarto. Ele pegou um cabide de sua mesa, apoiou-o entre os joelhos e desenroscou o fio com uma mão. De olho na janela, ele usou o arame para puxar o fio da lâmpada da tomada. O quarto ficou escuro.

Através do vidro, Sam agora podia ver uma figura se movendo na chuva. Ele rapidamente avaliou o tamanho e a forma do invasor enquanto Beatrice corria ao longo da parede rosnando com os movimentos do ladrão.

Quando o ladrão levantou um braço para dar um sinal, Sam viu outra pessoa parada nas sombras, obscurecida pela chuva e pela névoa. Enquanto Sam rastejava lentamente pelos aposentos, ele usou os rosnados de Beatrice para acompanhar a posição do intruso. Depois que ele passou pela cozinha, ele soltou o bastão de suas mãos apenas por tempo suficiente para puxar sua arma da gaveta.

Sam chegou à porta da frente ao mesmo tempo em que os passos sacudiram a varanda velha. Em um único movimento, Sam ligou o interruptor de luz da varanda, abriu a porta e levantou a arma. Uma figura com um casaco de tecido molhado e um cachecol pegajoso piscou à luz brilhante. — Não atire, — implorou a voz. Sam reconheceu instantaneamente a voz.

— Sra. Oleyant? — ele perguntou surpreso quando a mãe de Madsen puxou o lenço ensopado da cabeça. — Quem é esse com você?

— Por favor, me chame de Renee. Estou com um empregado chamado Avery. Tivemos que estacionar no campo porque sua estrada está inundada. Eu não conseguia ver a casa muito bem. E não há muita lua.

— Você pode levar um tiro andando do lado de fora do quarto das pessoas no meio da noite.

— Vou me arriscar. Preciso que você venha comigo agora.

— Venha para onde? Você sabe que horas são?

— Eu sei ler as horas. E eu preciso que você venha. Não faça perguntas, porque é apenas algo que você precisa ver.

— Sra. Oleyant... Quero dizer, Renee, perdoe minha natureza suspeita, mas sou um ex-policial. Não vou a lugar nenhum no meio da noite sem fazer perguntas.

— Você não tem motivos para me temer.

— Também não tenho motivos para confiar em você, — replicou Sam. Ele olhou para a mãe de Madsen e depois para o companheiro, que se aproximara da varanda. O homem tinha uma postura idosa. Seu casaco era muito grande para ele e seu chapéu era muito pequeno. Ele era de constituição leve e literalmente não tinha o bom senso de subir até a varanda e sair da chuva. Sam decidiu que a ameaça era mínima.

Depois que ele pegou um chapéu, ele seguiu o par pelo campo que inundava rapidamente e entrou no caminhão. Mesmo com a arma ainda na mão, sua apreensão aumentou quando eles atravessaram a lama em direção à estrada.

O CAMINHÃO em que Sam estava andando lembrava uma peça vintage de *As Vinhas da ira.* Assim como o companheiro de Renee Oleyant, Avery. Embora Sam mal pudesse ler as placas na chuva implacável, seus instintos lhe disseram que Avery havia virado o caminhão para a Rota 39. Dirigiram sem conversar, os três lado a lado, a caminho da cidade.

Quando os raios começaram, Sam ligou o rádio e o sintonizou na estação meteorológica local. Acima da estática, ouviu um apresentador alertando sobre inundações repentinas e ventos inesperados.

Ao seguirem a rodovia St. Bernard até a avenida St. Claude e atravessarem o canal Inner Harbor, Sam ficou surpreso ao ver a rapidez com que a água subira. Agora estava emoldurando a beira da estrada com uma escuridão turva.

Avery fez um movimento para evitar um buraco, fazendo o caminhão deslizar para o lado. Sam podia sentir o calor em seu pescoço enquanto Avery lutava para manter o controle do veículo. Renée olhava para a frente, imóvel. Quando eles continuaram pela cidade até o Garden District, Sam soube que ele estava certo em suas suspeitas. Eles estavam indo em direção ao cemitério onde Madsen havia sido enterrada.

— Não poderíamos fazer isso de manhã? — Sam perguntou, quebrando o silêncio.

Quando nenhum dos dois respondeu, Sam estudou o motorista. Avery não era tão velho quanto sua postura indicava. De perto, ele parecia ter trinta e poucos anos. Seus ombros eram pequenos e a curva de sua coluna era obviamente uma anomalia estrutural. Avery sustentava a cabeça para frente em seu pescoço como se estivesse sob o peso de um jugo. Suas mãos eram grandes e manchadas de sujeira. Sam conseguia distinguir pernas finas, mas bem definidas, por baixo das calças molhadas de Avery. Quando ele girou o volante, os antebraços de Avery se projetaram de sua jaqueta. Os braços do homem fizeram Sam se lembrar de Popeye. Avery era aparentemente mais forte do que parecia.

Bem, pelo menos Avery seria de grande ajuda quando o caminhão danificado quebrasse na chuva, pensou Sam. Ele com certeza não iria sair para empurrar. Ele decidiu que estava irritado demais com o mistério dessa pequena excursão para ajudar seus dois anfitriões encantadores, caso a ocasião se fizesse presente.

Depois de chegarem em uma rua lateral do antigo cemitério, Avery parou o caminhão. Ele pressionou seu corpo contra a porta enquanto lutava contra o vento e a chuva para sair. Sam mal podia ver Avery enquanto o homem caminhava pela chuva até os portões do cemitério. Depois que ele abriu o portão, Avery se agachou contra o vento e voltou para o caminhão.

— Fechou com o vento, — ele resmungou para ninguém em particular quando voltou.

— Ele arrombou a fechadura da primeira vez, — Renee ofereceu como um meio conciso de explicação para Sam.

— Vocês dois sabem como se divertir, — Sam resmungou. A postura de Renee imediatamente o fez se arrepender do sarcasmo que ele usara para desabafar sua frustração. — Então você aceitou que Madsen está morta? — ele perguntou suavemente.

— Não, mas eu vim para a cidade dos mortos para ver por mim mesma, Sr. Lerner. Agora eu quero que você veja. Avery, por favor, mova o caminhão para algum lugar menos óbvio e se junte a nós.

Ela saiu do caminhão e sinalizou para Sam vir com ela. Ele suspirou e a seguiu pela rua deserta até o portão. Quando um raio atravessou o céu negro, iluminou um cenário macabro emoldurado assustadoramente pela chuva forte.

Criptas para os mortos ladeavam o terreno em filas intermináveis, empoleiradas na superfície da terra, para que o país dos pântanos não regurgitasse seus cadáveres. Sam ouvira relatos de corpos que haviam sido enterrados anos atrás surgindo durante as inundações passadas para flutuar pelas ruas cheias de água. Embora ele entendesse a praticidade dos túmulos acima do solo, eles evocavam imagens de corpos caídos em algum estado meio morto. Definitivamente, essa não era sua escolha de lugar para se estar durante uma tempestade implacável.

Quando Avery se juntou a eles, ele abriu o portão o suficiente para eles passarem. — Ei, amigo, — alertou Sam —, podemos ser presos por isso. E talvez você não tenha notado, mas há relâmpagos por todo lado. Sugiro que você solte o cano de metal que está carregando, a menos que você tenha uma cripta escolhida aqui para seu próprio local de descanso.

— Nós viemos por ali, — Avery murmurou. Ele e Renee avançaram juntos como se em resposta a algum comando inaudível. Depois de um momento, Sam silenciosamente os seguiu.

Desceram uma fileira de tumbas elaboradas, cada uma mais artisticamente esculpida e ornamentada que a outra. O raio da lanterna de Avery ricocheteava erraticamente nas estátuas esculpidas, dando a cada uma delas uma vida breve e fantasmagórica.

Sam estremeceu com as imagens macabras. A água encharcou suas botas enquanto ele caminhava. Ele inclinou o rosto para cima e separou os lábios para permitir que a água umedecesse a boca seca.

Quando Renee escorregou na lama, Sam agarrou seu braço para dar apoio. Ele ficou surpreso com a resiliência dela enquanto ela se erguia e seguia em frente. Avery manteve seu corpo dobrado baixo contra a chuva, a luz refletindo ocasionalmente em seu rosto.

— Acho que estamos violando algumas leis aqui, pessoal, — Sam lembrou, sem esperar resposta. E ele não recebeu nenhuma. Avery e Renee Oleyant continuaram a percorrer o terreno decadente até o canto mais antigo e não cuidado do cemitério.

— É o concurso de miss fantasma, — Sam murmurou baixinho, quando chegaram a uma área do cemitério onde as tumbas estavam empilhadas umas sobre as outras para economizar espaço. Muitas eram muito velhas e não tinham inscrições, e os cuidados prestados a essa área específica do cemitério pareciam inexistentes. As ervas daninhas haviam crescido alto entre as abóbadas de pedra, e muitas tumbas haviam escorregado de suas fundações. Renee parou na frente de uma cripta velha e olhou para a escuridão.

— Dê a lanterna ao Sr. Lerner, Avery, — ela ordenou ao companheiro.

Sam pegou a lanterna e se aproximou do túmulo. Ao se aproximar, percebeu que o frontispício de pedra havia sido arrancado e deixado de lado no mato.

— Você fez isso sozinho? — perguntou Sam. O homem deu de ombros e assentiu. Sam então se virou para Renee e apontou a luz o suficiente para ver seu rosto. — O túmulo de Madsen? — Renee apertou a mandíbula, mas não disse nada.

— Estou ficando cansado de ouvir minha própria voz, — ele resmungou. Sam manteve a luz firme enquanto se aproximava da tumba. Um galho de árvore quebrado caíra contra a abertura do túmulo, e um jorro de água escorria da árvore para a tumba aberta. Ele afastou as folhas do rosto e espiou.

— O que diabos-? — ele ofegou.

Evidentemente, Avery também abrira o caixão interior. Sam apontou a luz para dentro. As torrentes de chuva haviam começado a encher o caixão, fazendo com que seu conteúdo se mexesse repentinamente. Sam soltou um grito e recuou involuntariamente. Perdendo o equilíbrio, caiu no mato, onde ficou sentado por um momento antes de se levantar.

Renee estava agachada perto de uma lápide de pedra caída no chão. Sam se aproximou e focou a luz até poder distinguir o escrito. **Madsen Cassaise** fora esculpido em letras pequenas e retas. Renee passou os dedos graciosos pelas letras que formavam o nome da filha. — Madsen Cassaise. Deveria dizer “Oleyant”, como a mãe dela.

— Maire não sabia, — disse Sam gentilmente. Renee grunhiu e depois se afastou da pedra como se estivesse contaminada.

Quando Sam olhou para baixo novamente, ele detectou um pequeno objeto branco perto da lápide. Na penumbra, ele podia ver um cartão feito de papel de carta grosso e de boa qualidade, agora molhado e enlameado pelo tempo. Ele o pegou e cuidadosamente colocou dentro de sua camisa, contra o peito.

Quando Sam finalmente voltou ao túmulo, respirou fundo. Ele olhou em volta para localizar Avery, sentindo uma necessidade inexplicável de acompanhar o cara. Então Sam virou a lanterna para a sepultura mais uma vez.

O vento e o aumento da água faziam com que o corpo se movesse como roupas em uma máquina de lavar. Assim que Sam parou para limpar a chuva forte dos olhos, um lado do caixão danificado cedeu devido à carga de água. O corpo mudou de repente, e a mão direita do cadáver se ergueu como se seu dono estivesse fazendo uma bênção.

Sam lutou contra o desejo de voltar ao caminhão. Em vez disso, ele focou a luz na mão saliente. Tinha um anel com uma insígnia: Academia da Força Aérea dos Estados Unidos.

Sam não sabia de quem era o cadáver que estava vendo, mas o falecido era certamente um homem. Sam olhou para Renee, cujo rosto refletia seus próprios pensamentos: então onde diabos estava Madsen?

14

SENTAR-SE NO JARDIM DO CLUBE DE CAVALHEIROS DE MAIRE SEMPRE fora uma experiência agradável para Sam. Ele respirou o perfume das rosas de Maire enquanto ela se curvava para cortar as poucas flores que sobreviveram à tempestade. Madressilvas e glórias-da-manhã roxas brilhantes subiam pelas paredes enquanto a música flutuava pelo pátio vinda de dentro da casa, acompanhada por ocasionais gargalhadas.

Sam estava deitado em uma espreguiçadeira de ferro forjado, confortavelmente acomodado em suas almofadas. Ele estava feliz por estar seco e de volta da terra dos mortos. Ele olhou para uma garrafa de Tequila Cuervo Gold em cima da mesa. Leon Duval não estava ajudando em nada a força de vontade de Sam. Duval havia deixado um bilhete e a garrafa do velho veneno preferido deles na Shelby em algum momento daquela manhã antes do retorno de Sam do cemitério. "Obrigado pelo conselho" era tudo o que Duval havia escrito na nota, referindo-se ao conselho de Sam para iniciar a papelada necessária para exumar o corpo de Madsen.

— Tá bom, quero ver se você vai me agradecer depois de descobrir um túmulo ilegalmente exposto e um corpo desaparecido, — pensou Sam.

Quando ele suspirou e se esticou para pegar a jarra de chá gelado, ocorreu-lhe como estava exausto. Quando Renee Oleyant e seu companheiro enorme devolveram Sam à sua casa em Chalmette, já era quase de manhã. O Canal Guichard havia inundado, dificultando o retorno à fazenda. E a estrada na propriedade de Sam também era impossível de distinguir, então Sam fora forçado a percorrer o último quilometro a pé.

No caminho de volta, Renee Oleyant informara a Sam que tinha ido ao cemitério com a intenção de levar a filha de volta para Picayune. Ela queria que Madsen fosse enterrada de bruços de acordo com os rituais do vodu, para que sua filha não fosse possuída por outro espírito. Ela alegara que já havia explicado isso a Leon Duval, que protestara veementemente. Duval alegara que Madsen havia recebido um bom enterro e insistira que, se Renee amasse Madsen, ela a deixaria descansar em paz "não importando para que lado estivesse virada".

Ele balançou a cabeça ao pensar na falta de diplomacia de Duval. Embora Sam tivesse informado Renee que Duval finalmente havia decidido obter uma ordem para exumar o corpo, ela continuara determinada a lidar com os problemas ela mesma. Depois que Sam voltara do cemitério, nervoso e perplexo com a brincadeira com os mortos, ele se limpara e se dirigira ao clube de cavalheiros, esperando que Maire pudesse fornecer as respostas necessárias para ajudá-lo a entender tudo.

Quando ele olhou para cima, Maire estava olhando para ele. Ele sabia que nunca se cansaria de olhar para ela. — Bom dia, — ele sorriu. Ela era uma trégua mais que bem-vinda depois da noite bizarra dele.

— Oi, bonitão, qual é o problema? Seus pensamentos estão soprando pelo seu rosto como folhas de outono. Você não está aqui apenas para um café da manhã saudável, está, querido? — Ela inclinou a cabeça e sorriu enquanto esperava por uma resposta.

Sam se viu sorrindo, o que era algo que vinha facilmente para ele sempre que estava perto dela. Ele a conhecera quando ainda estava no ensino médio, pouco depois de seu pai ter mergulhado no canal em um acidente fatal ao dirigir embriagado.

Sam estava morando na casa da fazenda em Chalmette na época e estava determinado a ganhar dinheiro suficiente para ficar lá, então uma noite, logo após o acidente, Sam fora com o velho caminhão Ford para a cidade em busca de um emprego de meio período.

Ele estava se candidatando para trabalhar em um bar na Bourbon Street quando vira Maire pela primeira vez. Aos vinte e um anos, ela estava orgulhosa e confiante enquanto passava pela sala, elevando-se sobre muitos dos clientes enquanto se encaminhava para o piano. — Toque-me um pouco de Cole Porter, — ela dissera ao pianista em sua voz suave e arrastada do sul —, devagar e suave. — Sam se tornara instantaneamente fã de Cole Porter. O fato de Sam ter tido uma ereção ao vê-la andar pouco fizera para desencorajar sua avaliação dos efeitos da música de Porter. Ou de Maire Girod.

Sam era tímido demais para se aproximar dela, mas ele a seguira de volta para a casa em Ursulines naquela noite onde ele estacionara sua caminhonete e esperara. Ele não sabia qual era sua intenção, apenas sabia que tinha que conhecê-la. Agora Sam sorria com a lembrança. Naquela noite, ele vira vários homens irem e virem até que finalmente descobrira o que estava acontecendo. Ele não tivera coragem de bater na porta até as três horas da manhã. Ela atendera.

— Eu estava imaginando quando você entraria, — ela dissera a ele. — Eu estava ficando muito cansada de esperar. Eu sou Maire.

— Eu sei, perguntei no bar. Eu sou Sam. Não tenho dinheiro.

— O que é que você quer?

— Nada, — respondera Sam, envergonhado por sua falta de habilidades verbais. — Eu estava sentado lá e acho que, bem, acho que não tenho motivos para voltar para casa.

— Você estava pensando em ficar sentado no seu caminhão a noite toda?

— Eu não durmo muito.

— Entendo. — Maire olhara para ele por um momento antes de abrir a porta e gesticular para que ele entrasse. — Eu estava prestes a me fazer um sanduíche. Que tal me fazer companhia?

Sam a seguira até a cozinha sem dizer outra palavra. Depois de conhaque suficiente para superar sua timidez, Sam conversara com Maire por horas. Naquela noite, eles se tornaram amigos, e Sam logo descobriu que, em muitos aspectos, Maire era quase da idade dele. Ela havia sido forçada a crescer muito rápido, sua infância roubada por um parente mais velho que havia sido uma figura paterna de confiança. Foi quando ela havia fugido de uma casa que não fornecia mais conforto ou segurança. Naquela primeira noite em que se conheceram, ambos precisavam de riso e amizade para preencher o vazio que cada um estava experimentando em suas vidas distintas.

Sam sempre tinha que lutar com sua libido sempre que Maire estava por perto. Ela o provocava, e ele paquerava e implorava brincando, mas o relacionamento deles era necessário demais para ambos para eles o ameaçarem com as complicações do sexo. Ambos temiam perder a amizade e nenhum deles queria perder mais nada na vida. Os amigos de Sam sempre supunham que Maire o estava prestando serviços, apesar de suas negações. Ele achava impossível explicar-lhes algo que ele mesmo não entendia.

Nos anos posteriores, depois que eles se separaram, Sam lamentara não ter tido essa intimidade com Maire. Agora, quando ele estava diante dela querendo respostas para um jogo que ele não havia escolhido jogar, ele se perguntava por que os caminhos em sua vida sempre o traziam de volta a essa mulher.

— Você está me encarando, Sam, — ela sussurrou.

— Você deveria estar acostumada com isso, — disse ele calmamente. — Suas rosas estão muito bonitas.

— Sam Lerner, você não veio aqui para admirar minhas rosas. Sua cabeça está aqui, mas seus olhos nem perceberam que meu quimono é transparente ao sol. Você, meu amor, está extremamente distraído.

— Não pense que eu não percebi, querida. Eu simplesmente não consigo tirar uma cena da noite passada da minha mente.

— Onde você estava? Leon Duval disse que você não estava lá quando ele apareceu na sua casa às seis da manhã. Acho que Beatrice começou a rosnar para ele.

— É a minha vontade também. Então você já conversou com nosso amigo decadente esta manhã?

— Ele passa por aqui de vez em quando. Ele estava ligando para garantir que eu não estivesse abrigando problemas.

Sam sorriu tristemente. — Besteira, Maire, eu sei que Leon Duval pega a parte dele. Você tem que pagar aquele idiota sorridente para manter seus negócios funcionando, não é?

— Não vou aceitar esse tipo de linguagem aqui, Sam Lerner. Dirijo um clube de cavalheiros respeitável, — ela sorriu. — E não tenho ideia do que você quer dizer com "pegar a parte dele" quando fala de nosso amigo em comum.

— Certo. Já faz um tempo, mas sinto que o nosso Baby Huey está com as mãos em mais de um bolso.

— Sam, não seja mau. Eu sei que Leon Duval pode ser irritante, mas ele é inofensivo.

— O que diabos aconteceu com esta cidade? Um capitão de polícia não deve ser inofensivo! — Sam jogou de brincadeira um cubo de gelo em Maire e depois o viu deslizar por entre seus seios, seguindo o caminho de menor resistência sobre sua pele luminosa até partes desconhecidas para Sam. Sam aproveitou bastante a rota escolhida pelo cubo de gelo até lugares misteriosos que ele passara muitos anos imaginando em grandes detalhes.

Maire gritou quando o gelo a esfriou. — Por que você está tão impaciente com ele, seu homem idiota?

Sam estava se perguntando isso. Desde seu retorno a Nova Orleans, ele estava sempre explodindo com Leon Duval, embora o imbecil parecesse estar tentando fazer um favor para ele, distraindo Sam com alguns negócios policiais menores.

Mas desde os dias de futebol americano na faculdade, Duval era adepto de quebrar as regras. Com seus truques, Duval se tornara um dos mais jovens capitães de polícia da história de Nova Orleans. Jogar sujo era algo que Sam achava desagradável. No entanto, embora Duval fizesse o que fosse necessário para vencer, Sam sabia que ele sempre cuidava do seu time. Sam decidiu que talvez ele precisasse dar uma folga a Duval e voltar ao mesmo time. Afinal, alguém tinha que ajudá-lo a encontrar o corpo de Madsen.

Enquanto Sam considerava as possibilidades de se juntar a Duval, Maire colocou seu corpo comprido ao lado dele na espreguiçadeira. — Me conte sobre a noite passada, amor.

— Temos um problema, Maire, — explicou, enquanto deslizava um braço sob o pescoço dela. — Eu estava no cemitério onde Madsen foi enterrada. Fui com a Sra. Oleyant e um estranho companheiro dela.

— Continue.

— E Madsen não estava lá.

Maire se sentou de um pulo. — O que você quer dizer?

— O túmulo estava aberto e Madsen não estava lá.

— Não estava lá? — ela repetiu: — O que você quer dizer com "não estava lá"?

— Quero dizer exatamente isso. Havia um cadáver masculino na sepultura que exibia a lápide com o nome de Madsen. Você foi lá para garantir que a pedra estava na sepultura certa?

— Não, eu apenas paguei e disse a eles para entregá-la.

— Foi você quem identificou o corpo, não foi?

— Sim, fui.

— Alguma chance de ter cometido um erro, amor?

— Eu seria a última pessoa a confundir um homem com uma mulher, Sam!

Sam riu da expressão dela. — Bem, você tem certeza de que a pessoa no caixão no funeral era a mesma que você identificou?

— Só posso supor. Não foi realmente um funeral, apenas uma benção no túmulo. O caixão já estava selado. — De repente, Maire se inclinou para a frente e pegou a garrafa de Cuervo. Depois que ela tirou a tampa, deu um longo gole e passou para ele. Ele segurou a garrafa, mas não bebeu.

Sam respirou fundo enquanto ela roçava as longas pernas contra as dele e depois deitava a cabeça no seu peito. Ele não tinha percebido o quanto estivera procurando uma desculpa para segurá-la novamente. Maire acariciou seu braço, delineando seus músculos com os dedos. Então ela pegou a garrafa e bebeu novamente.

Sam se perguntou se deveria desacelerá-la. — Eu não vejo você beber diretamente de uma garrafa desde que éramos crianças, Maire.

— Algumas coisas exigem conveniência, — ela suspirou enquanto colocava um braço sobre os olhos.

Ele a puxou para perto o suficiente para acariciar seu pescoço elegante com a mão. — Querida, eu preciso falar com Ramona. Ela já voltou?

— Eu não acho que ela vai voltar. Ela foi embora há dois dias. Ela apenas arrumou algumas coisas e saiu da cidade.

— Ela não deixou um bilhete ou disse alguma coisa sobre ir embora?

— Não, mas eu avisarei se ela retornar ou ligar. Deveríamos estar preocupados? — No silêncio de Sam, Maire tomou outro gole longo, era óbvio que ela ficara abalada e, quando afastou a boca, a tequila escorreu pela lateral da garrafa.

— Com licença, Maire, mas eu preciso marcar uma visita com o legista.

Enquanto discava, Sam notou a silhueta de alguém o observando por trás de uma das persianas que cobriam as portas francesas. Antes de a pessoa recuar, Sam teve um rápido vislumbre de cabelos loiros. Ele tinha certeza de que Maire também havia notado, porque ela estava pegando a garrafa novamente.

Sam estava convencido de que Maire estava com medo de alguma coisa, mas ele não conseguia juntar as peças. Ele se inclinou, pegou a garrafa dela e beijou sua testa. — Não se preocupe. Eu vou cuidar de você, querida, — ele assegurou, escorregando de volta para seu sotaque do sul.

— Obrigada, Sam, mas não tenho certeza de que você pode, — ela sussurrou. Sam seguiu o olhar dela para a porta. Celeste não estava mais lá.

15

O LEGISTA MALCOLM WILSON SENTOU-SE DIANTE DE SAM, ESFREGANDO os olhos reumáticos com o punho fechado. Na opinião de Sam, o médico legista cheirava pior do que alguns dos mortos que ele havia empacotado em Los Angeles. Ou o médico legista estivera tomando um pouco do fluído de embalsamento no laboratório ou o cara estava chapado. Seus olhos eram definitivamente uma pista de que o velho gostava da bebida.

— Não sei o que pode ter acontecido, Sr. Lerner, — disse Wilson a Sam entre arrotos. — Estou falando com você por cortesia, é claro, pois você não tem jurisdição por essas partes.

— Eu não tenho mais jurisdição em parte alguma, — Sam deu de ombros.

— Mas você se apresentou como amigo de Leon Duval.

— Como eu disse, estou ajudando a seu pedido.

— Entendo. — Quando Wilson recostou-se na cadeira e coçou a têmpora, sua peruca mal ajustada se mexeu pela cabeça desproporcional do legista.

Wilson de repente se lançou em um acesso de tosse. Enquanto esperava o ataque diminuir, Sam estudou o homem cuidadosamente. As manchas marrons nas mãos do médico legista e o tom pálido na pele indicavam dano hepático avançado. Sam suspeitava que o inchaço excessivo no rosto de Wilson fosse indicativo de tratamento com esteroides para algo pernicioso. Ele fez uma careta quando Wilson engoliu um catarro antes de continuar.

Embora Wilson olhasse para uma pasta que ele estava segurando, ele realmente não parecia estar concentrado. — Então, Sr. Lerner, como eu disse, deixamos a garota na funerária de Whitaker. Não sei mais nada. — Mantendo o polegar entre as páginas, Wilson fechou o arquivo e deu um sorriso sem vida para Sam.

— Eu entendo que o corpo esteve aqui por apenas uma semana, — insistiu Sam.

Wilson fez um show para checar suas anotações novamente enquanto tentava afrouxar o catarro na garganta. — Está correto.

— Você costuma levar apenas uma semana para tentar localizar parentes?

— Francamente, Sr. Lerner, eu me ressinto da sua implicação, mesmo que você e Duval sejam amigos. Às vezes ficamos com um corpo aqui quarenta dias antes de desistirmos e o enviarmos para o campo do oleiro. Nesse caso, porém, era justificável agilizar o assunto.

— Não estou entendendo.

Wilson suspirou, olhou para o relógio e depois fez uma demonstração de leitura do arquivo. — A senhora Maire Girod, a empregadora da falecida, conseguiu identificar o corpo da senhorita Cassaise. A falecida garantira à senhora Girod que ela não tinha parentes vivos em lugar algum. Com essa informação, confirmada pelo nosso próprio capitão da polícia, Leon Duval, eu liberei o corpo da vítima. Isso é tão difícil de entender?

— Acho que entendi, — disse Sam, ignorando o sarcasmo de Wilson. — E você tem certeza de que a morte foi resultado de um afogamento acidental?

— Não tenho dúvidas.

— Não havia indicações de luta?

— Não.

— Alguma marca indicando um ataque?

— Absolutamente não, — retrucou Wilson, olhando o arquivo. —

Eu teria trazido essas evidências à atenção do capitão Duval. Agora eu realmente preciso voltar ao trabalho.

Antes que Wilson pudesse se levantar, Sam se levantou e se inclinou sobre a mesa, segurando o rosto a centímetros do médico legista. Ele enfiou um dedo na pasta onde o polegar de Wilson ainda separava as páginas. — Você não parece entender a importância das informações que estou procurando, senhor, — disse Sam com uma polidez de aço.

Wilson desviou o rosto de Sam. — Deixe estar! A mulher era apenas uma prostituta que se afogou. E você não tem assuntos oficiais aqui, então devo pedir que você vá embora. Já temos mais trabalho do que podemos lidar aqui.

Wilson começou a tossir novamente, desta vez com mais violência. Ele arrastou um lenço bem usado para fora do jaleco para reprimir o engasgo. Enquanto o ataque continuava, Wilson perdeu a paciência e chutou o arquivo. Então, em um gesto que pareceu a Sam estranhamente surreal, Wilson pediu desculpas ao arquivo.

Sam temia que Wilson fosse se afastar completamente da realidade ou cair morto. A questão era apenas qual iria acontecer primeiro. Ele olhou para Wilson, que estava dobrando o lenço úmido em um quadrado incrivelmente pequeno.

Wilson falou novamente como se estivesse falando com o lenço. — Já estamos trabalhando demais sem que um policial de Los Angeles enfie o nariz onde não é chamado e ocupe um tempo valioso. E nem sequer ganhamos dinheiro suficiente para comprar papel higiênico de folha dupla. Imagine isso! Essa merda que eles colocam no banheiro é áspera o suficiente para raspar o tártaro dos dentes de um cachorro. Eu não me tornei um médico legista para esfolar minha bunda. Sou médico, pelo amor de Deus, e eu...

Antes que Wilson pudesse terminar seu discurso, Sam assustou o médico legista, abrindo o arquivo em papel na página onde seu dedo ainda servia como marcador. Ele olhou para a página antes de olhar de volta para Wilson. O nome de Madsen estava no topo da página. O resto estava em branco.

— Registros impressionantes, — Sam zombou. — Não admira que seu escritório tenha recebido tantas reclamações.

— Isso é tudo o que posso fazer, desculpe, mas nosso sistema de computadores está pifado há meses. Perdemos muitos dados. Eu disse que precisamos de ajuda.

— Então tudo o que você me disse foi de memória? — Sam exigiu.

— Não, eu tinha um arquivo, mas o coloquei no lugar errado. Tinha fotos e toda a documentação adequada. Tenho certeza de que está arquivado erroneamente em algum lugar. Isso é embaraçoso para um homem na minha posição admitir.

— E mais ninguém aqui sabe sobre este caso? — Sam perguntou enquanto folheava o arquivo de páginas em branco.

— Não, estou sem assistente na recepção há algum tempo. Pensei que poderia lidar com tudo isso enquanto entrevistava funcionários em potencial, mas admito que fui descuidado, — disse ele, contrito, enquanto limpava a boca com as costas da mão. — Eu não esperava que um afogamento de rotina fosse voltar e me ferrar. E isso é tudo o que foi. Eu garanto, foi um afogamento de rotina.

— Obrigado, Wilson. — Sam fechou a pasta e pegou sua cópia do New Orleans Times Picayune, que ele havia colocado na mesa desarrumada. — Tenho certeza de que vamos nos falar novamente. Talvez você deva descansar um pouco.

— Suponho que você ache que eu sou um profissional que não pode ser comparado com aqueles médicos legistas de celebridades em Los Angeles, não é, Sr. Lerner?

— Temos alguns duvidosos lá também. Aparentemente, você não seguiu o caso do O.J. — Sam lançou um sorriso irônico ao legista.

— Bem, obrigado por não me envergonhar ainda mais, Sr. Lerner. Mas, por favor, não volte aqui por nada.

— Não se preocupe, Wilson. Só voltarei se houver um bom motivo para continuar nossa entrevista. — Sam notou que o rosto de Wilson permanecia tão rígido quanto o de sua clientela.

Depois que Sam saiu do escritório do médico legista, ele virou no corredor e puxou um pequeno caderno do bolso para fazer algumas anotações:

1. Sem arquivo.

2. Wilson está encobrindo alguma coisa.

3. E QUEM CARALHOS CONTOU PRA ELE QUE EU SOU DE LOS ANGELES?

Sam colocou o caderno de volta no bolso. Depois de olhar em volta para se certificar de que o médico legista não estava olhando, ele entrou em uma pequena sala e fechou a porta atrás de si. Enquanto esperava, ele olhou para o telefone em cima da mesa. Em segundos, a luz vermelha acendeu. — Bem na hora, — Sam murmurou.

Ele hesitou antes de levantar silenciosamente o telefone do gancho. Quando pressionou o telefone no ouvido, ele ouviu a voz pesada de catarro de Malcolm Wilson. — Eu aguardo, — Wilson estava dizendo para alguém.

Uma voz finalmente atendeu a ligação do outro lado. — Sim? — a voz disse.

— Sam Lerner esteve aqui, — anunciou Malcolm, depois desligou abruptamente. Em segundos, a outra linha ficou muda. Mas Sam tinha certeza de que havia reconhecido a voz da mulher que atendera à ligação de Wilson.

Depois que Sam desligou o telefone, ele olhou ao redor da sala cheia. De dentro das páginas de seu jornal, ele pegou o cartão que encontrara na noite anterior na lama perto do túmulo de Madsen. Ele havia pensado em entregá-lo a Leon Duval, mas ele próprio queria verificar primeiro, porque Duval havia se tornado um buraco negro de informação.

Sam havia achatado o cartão grande entre duas seções do jornal para que o papel absorvesse o excesso de umidade. A maior parte da escrita na nota curta estava manchada de lama e quase impossível de ler.

Sam ligou uma luz de raios-X que ele havia visto ao entrar. Enquanto segurava o cartão contra a luz, ele se esforçou para enxergar os detalhes. Ele podia ver as marcas da caneta esferográfica no cartão de qualidade, mas a sujeira que havia se acumulado na gravação clara obscurecia ainda mais as palavras. Sam conseguiu decifrar apenas três palavras: "desculpe" e "vou cuidar".

No canto inferior direito do cartão havia outra figura. Sam virou o cartão em várias direções para ter certeza do que estava vendo. Embora a mancha de lama tivesse penetrado no canto do cartão, o papel não absorvera tanto da umidade nessa área devido ao resíduo de cera de um giz de cera amarelo.

Ele estudou a forma da área amarela, que havia sido delineada com tinta escura e aparentemente permanente. Sam parou quando finalmente percebeu para o que estava olhando. Alguém desenhara um pequeno canário amarelo no cartão antes de colocá-lo no túmulo onde o corpo de Madsen deveria estar descansando em paz.

16

Louis Santos apoiou-se no Lexus alugado e deu um último trago no seu charuto Esplendido. Enquanto jogava a bituca no chão, continuou observando a janela no segundo andar do clube de cavalheiros de Maire. A Avenida Ursulines estava tão escura e quieta quanto ele esperava que estivesse à meia-noite de uma terça-feira.

Ele checou o cabelo penteado para trás no espelho retrovisor do carro. Ele havia trocado de carro, sabendo que o policial de Los Angeles agora estava procurando por ele. Felizmente, Louis tinha um amigo traficante que lhe devia grandes favores, portanto as trocas de carros exigiam pouco mais do que um telefonema. O Lexus havia sido entregue em uma hora e o Lincoln estava recebendo uma nova pintura.

Louis engoliu uma bala de hortelã antes de puxar um palito de dente do bolso. Ele cutucou um dos dentes de trás enquanto esperava. No momento em que perdia a paciência, ele viu a cortina da janela da frente se mover levemente. Em minutos, a pessoa que estivera esperando saiu para a varanda da frente.

Louis assistiu com crescente emoção enquanto ela fechava a porta e caminhava em direção a ele. Embora as temperaturas tivessem sido menos severas nos últimos dias, ele estava suando. Cada vez que ela dava um passo, seus quadris balançavam sedutoramente. Louis sentiu sua excitação aumentar.

Quando ela alcançou o carro, ele colocou uma mão em seu cotovelo e a guiou para o lado do passageiro. Sua carne estava tão macia que ele teve que controlar sua vontade de passar a mão sob a manga do vestido preto de crepe. Quando ela se sentou no banco, ele se inclinou para sentir sua fragrância exótica. Louis inconscientemente lambeu os lábios.

— Você planeja me levar para um jantar primeiro? — ela perguntou, coquete.

— Qualquer coisa que você quiser.

— Talvez um pouco de música?

— Talvez.

Quando Louis deslizou para o lado do motorista, ele olhou para ela, aproveitando o tormento em sua libido. — Por que você me afasta assim, sempre querendo que eu escolha uma das outras garotas para me satisfazer? — ele choramingou entre respirações pesadas.

— Você foi muito bruto da última vez. Contusões são ruins para os negócios. Estou testando você para ver se consegue se controlar. — Ela sorriu sedutoramente e estendeu a mão para acariciar a perna dele. — Talvez se você for bonzinho...

— Eu *estou* sendo bonzinho, querida!

— Sim, as outras garotas me dizem que você tem sido mais "moderado" ultimamente.

Ele sorriu e desviou o olhar. — Tenho sim, querida, porque quero *você*. Estou seguindo suas ordens para restringir minhas, uh, tendências. — Louis ligou o motor e fez uma pausa. — Ah, eu quase esqueci, — ele disse enquanto enfiava a mão no bolso. Louis se inclinou para mais perto e pressionou o objeto na palma da mão dela.

Ela assentiu enquanto inspecionava a oferenda dele. À luz das luzes da rua, ela pôde ver que o fecho que segurava o medalhão estava quebrado, permitindo assim que o doce cheiro de gardênia emanasse do pingente perfumado. O colar parecia tão frágil quanto o pescoço do qual fora arrancado violentamente.

— Bom trabalho, — ela sussurrou. Ela o largou na bolsa e olhou para a noite.

17

Sam estava sentado em sua mesa ouvindo a mensagem gravada e nervosamente passando as mãos pelos cabelos escuros. Ele precisava de uma cópia da lista de clientes de Charlie Biscay rapidamente. Mas o telefone residencial de Charlie aparentemente fora desconectado e a loja de flores que ele possuía estava fechada. Mas por que Charlie fecharia a loja no meio da semana, Sam se perguntou? Ele colocou o telefone de volta no gancho e deslizou o cartão manchado de lama de volta para o bolso.

Sam já estava em um estado agitado, e esse novo desenvolvimento não estava ajudando. Charlie Biscay era seu amigo desde a faculdade, quando Charlie ainda estivera lutando para esconder a verdade sobre suas preferências sexuais. Um dia, Sam inesperadamente aparecera no apartamento de Charlie para pegar emprestada uma câmera quando viu uma série de fotos íntimas de nus masculinos no quarto escuro dele.

Embora Sam não tivesse dito nada, Charlie mais tarde admitira que achara que o incidente poria fim à amizade deles. Mas quando Sam continuou a convidar Charlie para sair com ele e Duval e os outros garotos, a devoção de Charlie a Sam tornou-se permanentemente.

Ao longo dos anos, eles mantiveram contato via correio ou telefone, para que Sam tivesse certeza de que Charlie não se meteria em problemas sem que ele soubesse onde estava. E por causa da doença de Charlie, Sam agora temia o pior.

Sam olhou o relógio. Teria que esperar. Ele havia combinado de se encontrar com Leon Duval na Casa Funerária de Whitaker em meia hora. Sam sorriu ao se lembrar de parar na delegacia para contar a Duval sobre o pequeno problema de uma cova aberta e um corpo desaparecido. Ele não via Duval se engasgar daquele jeito há anos. Sam decidira compartilhar as informações para avaliar a reação de Duval. Tinha sido bem interessante, ele pensou.

Depois de Duval superar o choque, ele telefonara para a Casa Funerária de Whitaker por insistência de Sam e marcara uma reunião. Duval também concordara em não apresentar queixa contra Renee Oleyant e seu companheiro, se Sam pudesse convencer a mulher a voltar a Picayune e permitir que a polícia resolvesse as complicações.

Depois que Sam saiu da estação, ele voltou para a casa de Maire para ver se Ramona tinha dado notícias. Ela não tinha. Sam sabia que precisava de alguma ajuda interna, mas algo em sua intuição lhe disse para fazer sua própria investigação por enquanto, se ele quisesse respostas.

Quando Sam voltou para casa, ligou imediatamente para Los Angeles para pedir a ajuda de seu amigo policial Joe Bowser para entrar em contato com as autoridades em Slidell, cidade natal de Ramona. Ele deu a Joe o máximo de informações possíveis sobre Ramona, incluindo os últimos quatro dígitos do número de identidade dela, que ele se lembrava dos certificados de ações que ela orgulhosamente lhe mostrara. Sam instruiu Joe a deixar Ramona uma mensagem de que ele precisava falar com ela imediatamente. Ele também disse a Joe para avisar Ramona para não transmitir nenhuma informação através de Duval ou do Departamento de Polícia de Nova Orleans. Até que ele entendesse o que estava acontecendo, ele planejava fazer tudo na surdina.

QUANDO SAM PAROU no estacionamento da funerária, ele imediatamente viu Leon Duval. Duval estava parado ao lado de seu veículo, criando uma sombra parecida com uma sequoia, e ele parecia estar fervendo em uma nuvem de fumaça que se elevava da porta aberta do carro.

Quando Sam se aproximou, viu uma mulher sentada no banco da frente do carro fumando um cigarro e lendo a *Star Magazine*. Sam gesticulou para a mulher e sorriu: — Negócios oficiais, eu presumo?

— Claro, — Duval riu enquanto fechava a porta e dava um tapinha nas costas de Sam. — Linny me deixou porque odiava ser a esposa de um policial. Então, eu estou cuidando dos meus próprios negócios.

— Justo. Quem é a puta da vez?

— Dagmar. Que beleza de nome, hein? Me deixa com tesão só de dizer.

Sam riu e olhou para Dagmar novamente. Seus olhos estavam colados a uma foto de Cher enquanto ela tentava distraidamente jogar o cigarro pela porta, que agora estava fechada. Sam e Duval tentaram não rir quando Dagmar de repente começou a se mexer em seu assento como um atum no anzol em um esforço para recuperar a bituca acesa.

— Eu já vi peixes morrerem com mais dignidade, — Sam sorriu quando eles entraram na casa funerária. Quando Sam entrou pela porta, a mistura distinta de fluido de embalsamamento, desodorizante e perfume o levou de volta aos dias em St. Tammany, quando, na adolescência, ele e Duval haviam trabalhado na funerária local. Sam se lembrou de como eles quase haviam sido demitidos por rir em momentos inoportunos. Para ele, era uma resposta nervosa às situações macabras que eles costumavam encontrar. Atualmente, Sam raramente se incomodava com cadáveres, mas a solenidade pesada das casas funerárias ainda o abalava.

Duval parou para espiar um caixão. — Bom trabalho de maquiagem. Lembra da vez que me disseram para maquiar aquela velha fada, Pete Hardison?

A mente de Sam voltou à vez em que viu Duval com uma foto e um tubo de batom na mão, pairando sobre o corpo do falecido. Duval criara um cadáver enfeitado de joias que lembrava a mãe preservada do filme *Psicose*. Sam rira tanto que temera que Hardison, enrugado e irritadiço, fosse voltar dos mortos para dar uma surra neles.

Agora, em um condicionamento pavloviano, Sam podia sentir uma resposta nervosa familiar surgindo em sua garganta enquanto Donald Whitaker, diretor de serviços funerários, entrava na sala.

Quando Duval se virou para cumprimentar Whitaker, Sam notou que a boca de Duval estava contorcida enquanto tentava reprimir o mesmo riso nervoso que Sam estava lutando para controlar. O cara parecia um lunático.

— Perdão? — Whitaker disse quando um som estranho escapou dos lábios de Sam. Sam olhou para os pés e respirou fundo algumas vezes.

Duval fez as apresentações de forma rápida. — Whitaker, este é Sam Lerner. Apenas ignore seus tiques. Ele tem asma aguda. — Com isso, Sam teve que fugir imediatamente para o banheiro masculino.

Enquanto ele estava em uma das cabines rindo, ele percebeu que fazia um tempo desde que ele realmente rira livremente. Desde antes de Kira morrer. Talvez fosse apropriado que suas emoções aparecessem em um necrotério. Talvez ele estivesse fechando o ciclo no final das contas.

Quando ele saiu da cabine, um jovem de cerca de dezoito anos estava em pé perto da pia. O garoto olhou para Sam no espelho enquanto lavava as mãos.

— Tem alguma coisa errada, garoto?

— Não, — o garoto sorriu timidamente, — Acabei de ouvir você se divertindo muito lá dentro. Pensei que talvez você fosse algum tipo de maluco.

— Não se preocupe, eu não sou perigoso.

— Se você diz, — o garoto disse, duvidoso, enquanto pegava um caderno. — Bom, eu tenho um cadáver pra preencher.

— Então você trabalha aqui?

— Claro. Você acha que eu fico por aqui pelas garotas?

— Espero que não. Você pode responder algumas perguntas? Sou detetive, — acrescentou Sam, esticando os limites do título.

— Legal. O que você quer saber?

— Há quanto tempo você trabalha aqui?

— Uma semana.

— Droga, eu esperava que você pudesse se lembrar de uma morta, hã, "falecida" em particular que foi enviado para cá algumas semanas atrás. Era uma jovem mulher, vítima de afogamento.

— Aí você teria que falar com o Jared. Eu sou o Jeff. Jared estava trabalhando aqui antes. Mas ele não vai se lembrar. Ele não se lembra de nada. Ele é um drogado, cara.

— Você sabe onde eu poderia encontrá-lo?

— Não vai ser aqui. Eles deram um pé na bunda dele por se drogar e depois dormir no caixão de alguém. Bizarro, né?

— Espero que o caixão estivesse desocupado, — resmungou Sam, lutando contra o desejo de rir de novo. Ele decidiu que as casas funerárias não traziam à tona o melhor dele. — Como você controla seu, hã, inventário?

Jeff, ansioso para se provar mais confiável do que seu antecessor, abriu o caderno. — A gente tem que anotar todas as informações neste livro. Tem o nome do cadáver, a família, que tipo de caixa eles pediram e onde o cadáver vai ser enterrado.

— Posso, por favor, dar uma olhada? — Quando Sam pegou o caderno, vários catálogos caíram no chão.

— Fique à vontade, cara, — disse Jeff enquanto se inclinava para recuperar os catálogos. — O trabalho de detetive deve ser legal, né?

— Sim, é legal, — Sam concordou distraidamente enquanto folheava as folhas de pedidos computadorizadas. Ele estava pronto para desistir até perceber Jeff segurando uma página de pedidos escrita à mão que caíra de um catálogo. O nome MAIRE GIROD fora rabiscado na parte superior do formulário.

Sam arrancou o papel da mão de Jeff. O espaço em branco do

pedido listava dois conjuntos de números e três palavras: LÁPIDE: MADSEN CASSAISE.

— O que os números significam?

Jeff olhou para baixo e apontou para o primeiro conjunto de números. — Isso indica o estilo do caixão, — explicou. — Eu reconheço esse. É o mais barato, só um contêiner de madeira. É do tipo que usamos principalmente para os corpos não reclamados.

— O que os outros números significam?

— Número de série do caixão.

Sam olhou para o número. 585911. Irônico, ele pensou. Os três últimos números formavam 911, um pedido de ajuda. Ele devolveu o papel ao jovem assistente e deu-lhe um tapinha nas costas. — Obrigada garoto, e tenha certeza de não levar seu trabalho para casa com você.

SAM VOLTOU para a sala mortuária no momento em que Duval examinava as elaboradas cortinas de veludo vermelho e os móveis verdes. — Essa decoração parece a de um prostíbulo, — Duval deixou escapar para Whitaker antes de se virar para Sam. — Sammy, Whitaker aqui me contou como a confusão com os restos da garota provavelmente ocorreu. Aparentemente, várias lápides foram transportadas simultaneamente. Um drogado que estava ajudando aqui deve ter trocado duas delas acidentalmente enquanto estava louco. Cassaise está em outra tumba por aí, mas mesmo assim ela foi devidamente posta pra descansar.

— Quantas lápides poderiam ter sido enviadas para lá de uma vez?

— Muitas. Muitas pessoas morrem todos os dias, Sr. Lerner.

— O seu deve ser o necrotério com maior tráfico em Nova Orleans, apesar dos recentes relatos de negligência grave. Sim, eu fiz minha pesquisa, senhor.

O rosto de Whitaker ficou vermelho de vergonha. — Bem, o jovem responsável não está mais conosco. Supervisionei pessoalmente a correção dos danos causados ao túmulo que foi aberto por aquela mãe louca. Temos o caixão aqui e vamos enterrar o homem novamente após a conclusão dos reparos. Pode demorar um pouco para localizar a garota, no entanto, iniciaremos o processo imediatamente e depois colocaremos as lápides nos locais apropriados.

— A família do homem deve estar possessa, — disse Sam, procurando informações.

— O homem que a mulher Oleyant desenterrou nunca foi identificado, então não haverá nenhum problema com isso.

Sam notou que Whitaker estava suando. — Verdade? — Sam pressionou. — Um graduando da Academia da Força Aérea não pode ser tão difícil de identificar.

— Hã? — Whitaker e Duval disseram ao mesmo tempo.

— O homem no túmulo de Madsen estava na Academia. — Sam viu o rosto de Whitaker ficar da cor das cortinas, e também sentiu Duval ficando um pouco nervoso. — Ele usava um anel de turma.

— Acho que você está enganado, Sr. Lerner, — argumentou Whitaker. — Quando fui avaliar os danos, não vi um anel nos restos.

— Sou detetive. Sei o que vi, senhor Whitaker.

Duval coçou a cabeça. — Acredito que sim, Sammy. Mas talvez alguém tenha roubado o anel antes de trazer o corpo para cá. Talvez até mesmo essa mãe louca e seu companheiro de escavação. Mas o morto certamente não precisa mais dele. Independentemente disso, o corpo ainda não foi reclamado. Sem parentes. Portanto, não vamos perder tempo com detalhes.

— Claro, sem detalhes, — disse Sam sarcasticamente. — Então, Sr. Whitaker, diga-me como esse aviador se arrastou para o caixão errado.

— Ele não, como você disse com tanta delicadeza, "se arrastou para o caixão errado", Sr. Lerner. A garota estava pronta para o transporte e, em seguida, o funcionário demitido colocou o cavalheiro no veículo de transporte em um caixão idêntico, junto com vários outros contendo falecidos não reclamados. Seu caixão foi simplesmente colocado no local errado com a lápide errada. Você pode entender a confusão quando todas as tampas estão fechadas.

— Claro, erro fácil.

Whitaker estremeceu com o sarcasmo no comentário de Sam. — O capitão Duval aqui me garantiu que nosso erro será desculpado porque o autor de tal negligência grave foi demitido e porque estamos corrigindo a situação. Agora, se vocês dois me dão licença, devo cuidar dos negócios.

— Eu gostaria de dar uma olhada rápida no aviador, se você não se importa, — disse ele para as costas de Whitaker. — Você disse que o trouxe aqui?

Whitaker virou-se para encarar Sam. — Sim, — respondeu Whitaker laconicamente —, mas o caixão já foi selado novamente. — Sam ficou impressionado com o modo como Whitaker conseguia falar sem mexer o rosto.

— Eu só quero ter certeza de que tudo foi resolvido adequadamente após um caso tão grosseiro de desinteresse.

Whitaker olhou para Duval em busca de aprovação. Duval assentiu e levou Sam para o fundo do necrotério enquanto Whitaker se afastava.

Eles entraram em uma sala de preparação onde vários caixões abertos e fechados estavam apoiados em pedestais para facilitar o acesso. Jeff estava ocupado tentando colocar um sapato em um cadáver quando eles entraram.

— Qual é o que foi desenterrado? — Duval perguntou.

Depois que Jeff apontou o caixão simples, Sam caminhou lentamente em torno dele. O caixão era do tipo mais barato usado para enterros de caridade, mas o acabamento era muito mais suave do que a caixa em forma de caixão que ele encontrara perto do dique. E não havia buracos do lado. Ele passou os dedos pelas bordas e por baixo, tanto quanto podia alcançar.

— O que você está fazendo, amigo?

— Só quero ter certeza de que está bem fechado. Eu me sinto muito mal com o que aconteceu.

— Sim, um bis dos diabos pra um cara morto.

Sam grunhiu e agachou-se para olhar por baixo da parte do caixão que se estendia sobre o pedestal. Ele encontrou instantaneamente o que procurava. — Jeff, você tem certeza de que foi esse que eles trouxeram hoje de manhã? — Sam perguntou enquanto passava um dedo sobre uma pequena placa de metal afixada na parte inferior do caixão.

— Eu tenho certeza, cara. Tinha água pra caralho dentro. Nós abrimos a coisa toda, a caixa, quero dizer, não o cara morto. Depois nós a consertamos e o enfiamos de volta.

Sam olhou para a placa de metal. Ele conseguia distinguir o número de série gravado na superfície.

— Satisfeito, Sammy? — Duval perguntou.

— Claro que estou. — Suas suspeitas haviam sido confirmadas. Não havia acontecido nenhuma confusão com as lápides. Madsen não estava enterrada com segurança em outro lugar no cemitério de Lafayette, no caixão que Maire supostamente comprara. Sam olhou para o número do caixão novamente. 585911. Número de série certo, caixão certo, corpo errado.

Sam se lembrou do número escrito à mão na folha de catálogo que tinha visto. Sua intuição lhe dizia que o número de série do caixão do aviador morto também havia sido registrado como pertencente a Madsen Cassaise após seu desaparecimento. Ele havia sido digitado manualmente, então o número de série havia sido registrado para 2 mortos diferentes, o do aviador e o dela. Mas os dois corpos não estavam no mesmo caixão, com certeza. A atribuição de um número de caixão era obviamente para encobrir algo. E alguém se dera ao trabalho de colocar uma lápide como prova adicional de que a garota havia sido enterrada. Sam agora tinha certeza de que Madsen nunca nem esteve lá.

18

Beatrice estava com fome. Ela ficou de pé nas patas traseiras, com as patas dianteiras no balcão da cozinha, enquanto verificava o cardápio da noite. Quando Sam não se moveu rápido o suficiente para atender às suas necessidades, Beatrice desceu e arrastou sua tigela um pouco mais para perto do balcão.

Sam largou o abridor de latas na pia. Suas mãos pareciam grossas e desajeitadas, o que ele imaginava que fosse um subproduto da insônia que ainda estava sentindo.

Ele ainda não tinha sido capaz de localizar Charlie Biscay e tinha um mau pressentimento. No caminho para casa, vindo do necrotério, ele parara na loja de flores que Charlie possuía e ficou surpreso ao descobrir que um cara chamado Craig agora administrava o negócio. Quando Sam pediu a Craig para transmitir uma mensagem, ele disse que Charlie não estava mais por perto.

— Charlie Biscay não é mais dono da loja? — Sam perguntou.

— Não, ele vendeu para o meu chefe há mais de um ano. Precisava de dinheiro para despesas médicas. O novo proprietário o deixou ficar para ajudar alguns dias por semana e ganhar um salário, mas ele não vem trabalhar faz dois meses.

— Eu me pergunto por que Charlie não me disse, — Sam disse calmamente.

— Ele provavelmente não queria que ninguém sentisse pena dele.

Agora, enquanto Sam estava na cozinha mentalmente repetindo a conversa, se sentiu um merda por não ter percebido antes. Ele precisava encontrar Charlie.

Beatrice agora estava com uma pata no balcão e uma no seu braço. Ela estava sentada tão perto de seus calcanhares que ele sabia que não podia nem dar um passo para trás. Seu rabo batia no chão enquanto ele colocava comida em sua tigela. — "She gets too hungry for dinner at eight", — ele cantou enquanto sorria com as impressões de dentes na tigela dela.

De repente, as batidas pararam. Quando ele olhou para trás, ela havia sumido. Sam ficou perfeitamente imóvel. Ela nunca se afastava quando estava prestes a ser alimentada. — Beatrice? — ele chamou.

Sam tentou ouvir algum movimento. Quando ouviu o rabo de Beatrice batendo novamente na sala, seus instintos entraram em alerta total. Beatrice não estava sozinha. Sam silenciosamente abriu a gaveta da cozinha e sacou a arma.

Quando ele avançou em direção à porta da sala, percebeu o reflexo de Beatrice na janela lateral. Ela estava mastigando alguma coisa, batendo periodicamente o rabo enquanto comia. Sam viu que a porta de tela estava fechada e a fechadura parecia segura. Foi então que seu forte olfato assumiu o controle.

Sam instantaneamente correu para a sala e rolou para se esconder atrás de um sofá velho que ele trouxera do sótão. Sam deu outro suspiro profundo e depois olhou ao redor do sofá. Do seu novo ponto de vista, ele agora podia ver Beatrice devorando um grande osso de boi. E a tela da porta havia sido arrancada da moldura na parte inferior.

Sam rolou de novo. Em um movimento, ele arrancou o osso da boca de Beatrice e continuou rolando até estar pressionado contra a parede ao lado da porta da frente. Quando ouviu o movimento, ele espiou pela janela para o crepúsculo e firmou a arma. — Estou armado. Entre na varanda e me mostre suas mãos!

Uma sombra apareceu. — Mostre-me suas malditas mãos! — Sam gritou novamente.

Uma mulher loira subitamente subiu na varanda agitando freneticamente as mãos. Sam olhou confuso. Ele conhecia aquele rosto, mas algo estava errado. A mulher deixou cair uma mão na cabeça e arrancou a peruca loira, revelando longos cabelos escuros.

— Sam, sou eu, — disse ela. — Ramona Slocum. Do clube de cavalheiros.

— Ramona! — Sam suspirou aliviado enquanto abaixava a arma.

— Recebi sua mensagem. Aquele seu amigo Bowser de Los Angeles localizou minha irmã em Slidell e disse que eu deveria entrar em contato com você.

— Por onde você andou?

— Aqui e ali. Recebi a mensagem quando liguei para ela para ver se alguém estava atrás de mim. Fiquei aliviada por ser apenas você.

— Por que você não bateu na porta? — ele perguntou enquanto segurava a porta aberta para ela entrar. Ramona teve que dar uma volta ao redor de Beatrice, que estava segurando uma pata para o alto na esperança de recuperar seu osso.

— Eu vim aqui mais cedo e ninguém estava em casa. Eu apenas assumi que você ainda estava fora porque eu não vi seu carro na frente.

— Está no celeiro.

— Ah, tá. Sinto muito pela porta da tela. A culpa é minha e ficaria feliz em pagar para consertá-la. Quando passei da primeira vez, Beatrice tentou passar pela tela atrás do osso. Desta vez, eu joguei ele para dentro para que ela não causasse mais danos.

— Não se preocupe, a tela já estava solta. E isso explica por que ela não latiu. Ela se lembrava de você.

Ramona sorriu. — Por que você tirou o osso dela, Sam?

— Cinismo da cidade grande. Eu estava com medo de que alguém jogasse um osso venenoso para mantê-la quieta. É um velho truque que os ladrões usam.

Ramona olhou em volta para os móveis esparsos com ceticismo.

— Com todo respeito e tal, o que um ladrão iria querer aqui?

Sam riu alto. — Boa pergunta. Duvido que alguém esteja atrás da minha boa prataria. Mas alguém *abriu* um buraco no meu crânio. Como você me encontrou?

— Eu lembrei que você disse que estava hospedado na casa da família em Chalmette, então liguei de volta para o Joe Bowser na polícia de LA e perguntei o endereço.

— Pensou rápido. Por que a peruca?

— Eu não quero que ninguém saiba que eu ainda estou na cidade, mesmo que eu esteja indo embora em breve.

Ele a levou para o sofá e fez um gesto para ela se sentar. — Por que você está indo?

— Eu fiquei com medo, Sam. Alguém está me seguindo. Com Madsen desaparecendo daquele jeito, eu comecei a ficar assustada.

— Você disse à polícia que alguém estava seguindo você?

— Eu contei pro Duval, mas ele disse que não havia muito que eles pudessem fazer se eu não tivesse uma descrição da pessoa, do carro ou qualquer coisa.

— Entendo. Então, como você sabe que está sendo seguida?

— Eu só sei. Mas toda vez que olho em volta, o cara some. E uma noite um carro parou ao meu lado bem devagar em Toulouse. A porta do carro se abriu, mas o carro se mandou rapidinho quando algumas pessoas apareceram.

Sam ficou surpreso com a aparência jovem e vulnerável de Ramona enquanto ela afundava ainda mais no velho sofá marrom. — Você viu o carro? — ele perguntou enquanto se movia para a janela para verificar se havia sinais de que Ramona havia sido seguida.

— Só vi que era grande e escuro.

— Duas portas?

— Quatro. Uma pessoa estava dirigindo, mas alguém na parte de trás abriu a porta como se fosse me agarrar. Você acha que eu estou paranoica?

— De jeito nenhum. Você... — Sam parou abruptamente de falar quando ouviu o telefone tocar. Ele fez sinal para que ela o seguisse até o quarto enquanto ele respondia.

— Lerner, — Sam anunciou ao telefone enquanto gesticulava

para Ramona se sentar em sua mesa. — Bom trabalho, Antoine, — ele disse enquanto ouvia atentamente.

Sam havia ligado para o restaurante Tujagues para pedir a Antoine que investigasse um pouco e, aparentemente, seu velho amigo havia encontrado algumas informações. De acordo com Antoine, embora o aluguel de Charlie Biscay tivesse sido pago até o final do mês, ele realmente havia se mudado. Antoine também ofereceu uma última informação antes de desligar. — Charlie estava sem pagar o aluguel há um bom tempo. Parece que um amigo assumiu os pagamentos.

— Quem mais estaria pagando o aluguel de Charlie Biscay?

— Leon Duval. Aqueles dois eram um casal?

Sam não conseguia nem começar a formular uma resposta.

— CHARLIE BISCAY ERA CLIENTE do clube, — disse Ramona depois que Sam desligou. — Eu ouvi você mencionando o nome dele.

— Charlie errado. Charlie Biscay é gay.

— Eu sei.

Sam olhou para Ramona e depois se sentou. — Estou ficando velho demais para entender toda essa fluidez de gênero, — ele gemeu.

Ramona arregaçou as mangas e sorriu. Sam ficou surpreso ao ver que seus braços eram cobertos por cabelos escuros e curiosamente masculinos, o que dava a ilusão de ela estar usando um suéter escuro. — Nem todo mundo vai lá pelo sexo, — explicou ela, enquanto puxava inconscientemente os cabelos. — Você não vai.

— Eu sou estranho.

— Sim, mas você é legal. Você só é um pouco tímido com as mulheres. — Ramona riu quando Sam corou. — Além disso, todas sabemos que você gosta de Maire.

Sam sorriu e desviou o olhar. Era verdade, ele estava pensando muito em Maire recentemente. Mas ele se sentia culpado, como se estivesse de alguma forma blasfemando a memória de Kira. — Maire e eu nos conhecemos há um bom tempo, — ele assentiu. — Mas voltando para Charlie, por favor. Quem ele ia ver no clube?

— Apenas Madsen. Ele costumava ir junto com o capitão Duval. Charlie parecia um cara solitário que só queria algumas risadas e companhia. Eu sei que ele gostava muito de Madsen porque ela não parecia se importar que ele estivesse doente.

— E Charlie nunca visitou mais ninguém lá?

— Não. Celeste tentou conquistá-lo porque ela achava que ele tinha dinheiro, mas ela é insistente demais para Charlie. Ele só queria sair com uma garota legal. É bom ter companhia e ir a lugares respeitáveis.

— Ramona, lembra quando você disse que havia um homem que queria tirar Madsen de lá? Esse homem poderia ter sido Charlie Biscay?

— Nossa, eu não sei. Eles certamente eram bons amigos.

— Você se lembra quando Charlie a viu pela última vez?

— Hum, pouco antes de ela desaparecer, eu acho.

Sam balançou a cabeça. — Eu não gosto disso. Fico feliz que você esteja saindo da cidade, Ramona.

— Bem, não posso sair até conseguir um lugar em Atlanta para poder trabalhar. É para onde estou indo.

— Então você pode dormir no meu sofá por alguns dias, onde eu posso ficar de olho em você.

— Obrigada, Sam, eu estava esperando que você dissesse isso. Então, por que suas mãos estão tremendo? — ela perguntou enquanto perseguia seus pensamentos instáveis. — Você precisa de uma bebida?

Sam, completamente desprevenido pela pergunta tão direta, enfiou as mãos nos bolsos. — Estou apenas cansado, — ele murmurou. Ele havia participado apenas de algumas reuniões, e sua abordagem extrema para a sobriedade não estava se mostrando fácil. Isso e falta de sono eram uma combinação matadora.

— Parece nervosismo para mim, — ela insistiu. — Eu acho que você teve muitas experiências pessoais difíceis em Los Angeles, hein?

— Tudo sobre Los Angeles foi uma experiência pessoal difícil, Ramona, — ele murmurou.

— Não, eu quero dizer sendo policial e tudo mais. É meio brutal. Os policiais de Los Angeles não espancam muitas pessoas?

— Não, somos um monte de gatinhos, — ele sorriu.

— Eu acho que os policiais têm que ficar juntos como uma grande família, hein? Como você e o capitão Duval. Eu o ouvi dizer a Maire quanto ele depende de você.

— Ah, merda, — Sam gemeu. Duval sempre colocava Sam em um pedestal, e era isso que o irritava. Ele não precisava da culpa e não queria corresponder às expectativas de ninguém.

— Sim, Duval e eu temos um passado, Ramona. Mas se você não se importa, eu gostaria de falar sobre outra coisa. Eu preciso descobrir por que Charlie Biscay mentiu para mim sobre conhecer Madsen. — Ele pegou o bilhete manchado de lama que havia encontrado no túmulo de Madsen.

— Isso é estranho. Era fácil de ver que ele se sentia próximo dela.

— Você sabe quem Madsen foi ver em Belle Amie? — Sam perguntou ao se lembrar da passagem de ônibus na gaveta de Madsen.

— Não, ela não disse. Mas era *depois* de Belle Amie. Acho que em algum lugar perto do lago, alguém a pegou na estação de ônibus.

Sam lembrou-se de ter atravessado Belle Amie em um Dia de Ação de Graças quando foi visitar Charlie Biscay na casa de fazenda da família de Charlie em Bayou Lafourche.

Sam se perguntou se seu velho amigo tinha algum motivo para matar Madsen. Sam sabia que era Charlie quem deixara o bilhete no que deveria ser o túmulo de Madsen. E o que diabos estava acontecendo entre Charlie e Leon Duval? Ele tinha que encontrar Charlie Biscay para obter algumas respostas.

19

OBSCURO PELA SOMBRA DE UMA ÁRVORE CURVA, SAM EXAMINOU A antiga casa de fazenda em busca de algum sinal de vida. Enquanto os antigos carvalhos e ciprestes caíam em seus esforços para sustentar a camada de calor sufocante no pântano, Sam permaneceu imóvel.

Depois de alguns minutos de descanso, ele puxou a camisa molhada e limpou o suor da testa. Sua apreciação pelo ar-condicionado havia atingido o nível mais alto de todos os tempos enquanto caminhava o último quilometro até a casa da família Biscay.

Pelo aspecto das coisas, a plantação estava tão degradada quanto Charlie havia estado a última vez que eles se falaram. E a antiga fazenda exibia o mesmo tom pálido de seu amigo. Sam sabia que Charlie tinha voltado para casa para morrer.

Ao se aproximar lentamente da varanda, Sam ficou impressionado com a imagem triste de uma casa tão seca que mal podia se ancorar contra as ondas de calor que subiam do gramado da frente. Ainda assim, o telhado caído da casa parecia se curvar a uma era elegante do passado - uma era de música, festas e opulenta hospitalidade sulista. Dois grandes carvalhos guardavam a entrada, as samambaias que caiam deles oferecendo uma pitada de cor verde e desesperada à fachada cansada.

Sam sabia que a maior parte da família de Charlie havia se mudado ou morrido. Ele tentou ligar, mas os telefones haviam sido desconectados há muito tempo, assim como o número do celular de Charlie. Uma olhada superficial indicaria que o local havia sido abandonado. No entanto, folhas pisadas e um padrão na poeira ao redor da porta da frente sugeriam que alguém havia usado a entrada recentemente.

Sam levantou o punho e bateu no vidro. Depois de várias tentativas infrutíferas de obter uma resposta, ele caminhou até os fundos da casa principal, espiando através de cada janela coberta de poeira por onde passava. A entrada lateral de serviço estava trancada com força, mas a pilha de terra deixada de lado perto da porta na parte de trás indicava que a entrada traseira também havia sido usada recentemente.

Ao pé da varanda dos fundos, uma lata de lixo hospedava um enxame de moscas que buscavam a refeição do meio-dia. O metal quente queimou a mão de Sam quando ele removeu a tampa da lata e a jogou no chão. Silenciosamente, ele se xingou por ser um idiota quando o estrondo reverberou através da varanda oca. Ele parou para ouvir, mas ninguém veio.

No fundo da lata de lixo, havia vários invólucros de comida e um recipiente de iogurte parcialmente comido. Depois que ele afastou as moscas persistentes, ele pegou o pote. A data de validade no fundo do iogurte era uma indicação de que Charlie, ou alguém, esteve lá muito recentemente.

Sam prendeu a respiração enquanto pescava no fundo da lata para recuperar vários utensílios de plástico. Ele inspecionou cada um com cuidado, procurando sinais de batom ou qualquer outra coisa que pudesse levá-lo a Madsen, se ela estivesse lá. Quando sua mão deslizou sobre uma pilha de larvas, ele ficou irritado de novo.

Depois que ele limpou a mão no chão, Sam examinou os fundos da casa. Em uma extremidade da varanda, pedaços de videira se agarravam como dedos retorcidos a uma grossa treliça de madeira. Usando a estrutura como escada, Sam se levantou por sobre o telhado da varanda antes de seguir pela parede do segundo andar.

Ele se lembrou de sua visita há muito tempo que o quarto de Charlie estava localizado no canto dos fundos da casa. De sua posição no telhado, Sam espiou pela janela e esperou que seus olhos se ajustassem aos vários tons de cinza. Ele conseguiu distinguir uma cômoda, um velho divã coberto de seda e uma mesa de mogno.

A mesa estava cheia de plantas mortas, cada uma um ponto em decomposição marrom. E, enterrado nos restos de cada planta, havia um canário amarelo assustadoramente brilhante. Um canário empalhado estava deitado de lado na mesa, como se dominado pelo calor e pela fome.

Ao lado da mesa havia uma cama de dossel. Sam ficou assustado quando seus olhos finalmente se concentraram em seu alvo pálido. Charlie Biscay estava deitado na cama amarrotada, olhando de volta para Sam com olhos vazios. O rosto de Charlie, amassado como uma camisa descartada, estava tão sem vida quanto os canários.

Sam bateu no vidro várias vezes, mas Charlie não respondeu. Incapaz de mover a janela bem fechada, Sam tirou o sapato, cobriu os olhos e bateu contra o vidro. Quando o vidro cedeu, ele foi instantaneamente repelido pelo odor podre de resíduos corporais e gangrena. Ele soltou a fechadura, abriu a janela e se enfiou para dentro.

— Charlie, sou eu, Sam! Você pode me ouvir?

Charlie piscou quando Sam se aproximou da cama. Ele olhou por um momento antes de assentir em reconhecimento.

— Vou te levar para um hospital, amigo.

— Não.

— Você precisa de ajuda.

Charlie sorriu fracamente. — Não vou ao hospital. As enfermeiras vão roubar minha coroa.

— Então vamos colar a maldita coisa na sua cabeça. — Enquanto Sam se inclinava sobre seu velho amigo, Charlie levantou uma mão em forma de garra em protesto. — Eu vou cobrir o custo, Charlie. Você precisa de um médico.

Quando Sam puxou o lençol para o lado, o odor era tão forte que ele teve que combater seus reflexos de vômito. Ele deslizou um braço sob o corpo leve de Charlie para levantá-lo, mas quando ele puxou o moribundo para cima, uma massa de tecido gangrenoso se separou das costas de Charlie, agarrando-se aos lençóis em uma polpa carnuda. Charlie gemeu de dor.

— Vou trazer um médico aqui, — prometeu Sam. Ele gentilmente baixou o amigo de volta na cama e cobriu seu corpo frágil. O acúmulo de líquido dentro dos pulmões de Charlie sacudia seu peito a cada tosse seca. — Pelo amor de Deus, amigo, você não pode ficar aqui. Não assim! Por favor, deixe-me ajudá-lo.

Charlie olhou para a parede e fez uma careta. Ele disse algo indecifrável e depois apontou para uma mancha no papel de parede de seda desbotado. — Acabe com aquele maldito, Sam, — ele ordenou.

Sam olhou para a parede e depois para Charlie. Seu amigo estava entrando e saindo de demência. Quando Charlie, que estava visivelmente agitado, mais uma vez fez uma careta para a mancha, Sam balançou o punho para o inimigo imaginário. — Está tudo bem, eu acabei com ele.

— Muito grato. — Charlie respirou várias vezes antes que ele pudesse falar novamente. — Barbra morreu, — ele se encolheu. — Aquela gata velha simplesmente caiu na varanda no dia em que eu estava me mudando. Eu sabia que esse era o sinal para eu fazer minhas últimas reverências também.

Sam fechou os olhos e balançou a cabeça, sem saber o que dizer. Enquanto se sentava em silêncio, ele olhou para seu velho amigo. Cada vez que Charlie tentava falar, seu rosto se contorcia de dor. Sam podia sentir o cheiro da morte em seu hálito, um odor familiar que ele havia sentido muitas vezes em sua vida.

De repente, um coaxar escapou da garganta de Charlie. Sam ficou alarmado até ficar evidente que Charlie estava rindo. — Aquele canário idiota parece melhor do que eu. E ele cometeu suicídio. Porra, o ingrato nem nos deixou um bilhete.

Sam sorriu tristemente. — Por falar em bilhetes, encontrei seu cartão no túmulo de Madsen.

— Ah, o escândalo.

— Você quer me contar sobre isso?

— Não.

Sam suspirou e se afastou em frustração enquanto tentava avaliar até que ponto interrogar seu amigo prestes a morrer. Ele brincou com um pó compacto que estava sobre a mesa de cabeceira e depois distraidamente puxou as folhas secas em uma begônia morta. Ele parou abruptamente quando notou que o vaso de flores estava no topo de um pedaço grosso de papel fotográfico. Com um dedo, Sam tirou a foto de baixo do vaso.

Sam se viu encarando Madsen, que sorria docemente para ele. Ela estava usando um vestido preto e seu medalhão de prata estava pendurado protetoramente contra o peito.

— Foto bonita, — Charlie conseguiu dizer. — Você pode ficar com ela. Mas mantenha suas garras longe da minha maquiagem.

— Seu velho pateta. — Sam tentou não olhar para Charlie, cujo sorriso estava tão esticado em seus ossos que o lembrava de uma carcaça queimada. Sam voltou seu foco para as folhas da planta morta.

— Você vai ficar por aqui, Sam? — Charlie murmurou. — Maire precisa de você.

— Você pode estar certo.

— E eu suspeito que você esteja se sentindo muito solitário.

— Por que pensa isso?

Charlie olhou para o teto e apontou. Quando Sam olhou para cima, ele não viu nada. Ele suspeitava que Charlie estivesse alucinando até que Charlie abriu a boca para falar. Após várias tentativas fracassadas, Charlie encontrou sua voz novamente. — Se você não está sozinho, por que perde tempo com uma bicha como eu?

— Você é meu amigo.

— Mentira, você só quer meu vestido de tafetá!

Sam riu e deu um tapinha na mão de Charlie. Quando Charlie fechou os olhos, saliva escorreu de um canto da sua boca. Sam o sacudiu gentilmente, mas não conseguiu obter uma resposta, então o sacudiu mais fortemente até Charlie finalmente abrir um olho.

— Hora de eu ir, — Charlie sussurrou.

— Espere, amigo, não vá embora ainda. Por favor, me ajude.

Preciso descobrir o que aconteceu com Madsen. Você deixou um cartão no túmulo dela.

Um gemido escapou tão baixo do peito de Charlie, que parecia que ele tinha tomado seu último suspiro. Enquanto Sam tentava sentir seu pulso, Charlie gemeu novamente. — Eu deveria ter ajudado ela. Eu mereço sofrer. — Sam ficou impressionado com a dor crua na voz de seu amigo.

— Por quê? Você participou do desaparecimento dela?

Charlie afundou ainda mais nos travesseiros, derrotado, acomodando-se como uma folha seca.

— Me conte antes de ir, — Sam pressionou. — Me dê algo que eu possa contar para a mãe dela.

— Minha doença não assustou Madsen. Ela disse que eu era bonito.

Sam olhou para o rosto de Charlie como um cadáver com seu sorriso aberto. — Você é, — ele disse calmamente.

— Eu a amava. — A respiração de Charlie ficou mais difícil, enfraquecendo rapidamente com todo esforço para falar. — Ela cuidou de mim, então eu lhe dei flores e os pequenos canários que ela amava, e eu guardei algum dinheiro para ela.

— Mas você está falido...

Charlie se inclinou para Sam novamente e apertou o braço dele. — Não, há dinheiro aqui na propriedade, e eu queria que ela ficasse com ele.

— Isso é muito generoso.

— Mas eu a decepcionei. Naquela noite, fui avisá-la. O cara que ela encontrou... Ela o conhecia. Ele era mau, mas eu estava com muito medo para impedi-los de sair.

— Quem era o cara?

Charlie lutou para afastar os lábios dos dentes, expondo uma camada de substância branca e espessa em sua língua. Sua pele seca sugou as lágrimas que agora escorriam por seu rosto.

— Com quem ela foi embora, Charlie? — Sam repetiu.

— Louis... — Uma tosse sacudiu seu peito como bolas de metal no vidro. Cada vez que seu corpo balançava para cima, o cheiro de decomposição enchia a sala.

— Louis quem? — Sam se inclinou para mais perto dos lábios de Charlie enquanto a luz nos olhos de seu amigo diminuia.

— Cat, — Charlie sussurrou.

— Louis Cat?

— Não. Veja Cat, — ele repetiu.

— Você vê a Cat? Eu não sei o que isso significa, Charlie! Charlie?

— Heaven, — Charlie disse para o teto, quando a morte finalmente reivindicou seu corpo emaciado. Sua careta relaxou lentamente em um sorriso cansado.

— Sim, céu. Faça uma ótima viagem ao céu, — Sam sussurrou enquanto a energia deixava o homem morto como ondas de calor.

Depois de alguns momentos, Sam fechou os olhos do amigo. Ele colocou a foto de Madsen na mão sem vida de Charlie e sussurrou adeus antes de se arrastar para o telhado da mesma maneira como havia entrado.

Apesar do calor infernal das telhas de asfalto, ele ficou imóvel no telhado, exausto demais para se mover. Triste e frustrado, ele refletiu sobre as últimas palavras de Charlie. De repente, Sam ficou em pé quando informações novas e antigas vieram à sua mente com total clareza. Ele havia descoberto o que Charlie estava tentando lhe dizer.

Sam estava em um telefone público antigo perto do velho mercado de Bayou, onde ele deixara o carro. Ele não conseguia sinal no celular, e o telefone do mercado estava "todo ferrado" de acordo com o proprietário desdentado no balcão. O prédio desgastado parecia desabar sob uma capa de morte, uma característica de que Sam estava lutando em vão para fugir. Tudo ao seu redor parecia tão incolor quanto Charlie Biscay.

O sol, que havia caído baixo no céu, agora criava sombras que rastejavam pela área do pântano como jacarés em busca de presas. Duas garças, sem ligar para a sua presença, o olharam com curiosidade e depois continuaram a procurar comida no matagal perto do pântano.

Sam jogou moedas no telefone, esperando que ainda funcionasse, enquanto o dono da loja entediado estava parado na porta, sem tentar esconder o fato de que ele estava ouvindo a conversa. Sam voltou à atenção quando alguém gritou olá do outro lado da linha telefônica.

— Duffault, é Sam. Você pode colocar Jem no telefone?

Quando Sam não obteve resposta, ele estava prestes a desligar e tentar de novo quando ouviu o tom suave da voz de Jem.

— Sammy?

— Jemima! Como está minha garota preferida?

— Eu estava dormindo, seu patife. Parece que é tudo o que faço.

— Sim, você estava dormindo quando eu passei por aí ontem. Você pegou a garrafinha de bourbon que eu deixei?

— Que garrafa?

— Bem, eu..., — Sam ouviu uma risada baixa do outro lado da linha. — Ah, e você vá com calma com ela, garota, — ele riu.

— Você está bem, Sammy?

— Claro, eu estou bem. — Ele não sabia se estava mentindo ou dizendo a verdade. — Por que a pergunta?

— Eu tive uma visão. Você precisa carregar sua arma com você, menino.

— Eu não tenho licença aqui.

— Dane-se. E não discuta com a sua velha Mammy, — ela resmungou. — Você encontrou aquela garota que estava procurando? Madsen, não era?

Sam sorriu. — Sua memória vai durar muito depois de você, minha querida. Não, eu não a encontrei. Você acha que ela ainda está viva?

— Não tenho certeza, mas continue procurando. Ela chamou, e eu a vi em um lugar escuro, onde há coisas ruins. Você aprendeu a acreditar nas minhas visões?

— Bem, eu ainda te pergunto quando preciso de ajuda, não é?

— Não é suficiente. Você precisa sair da sua cabeça dura e acreditar na sua intuição. — Sua risada baixa o fez sorrir.

— Nós dois fazemos a mesma coisa de maneiras diferentes, Jem. Escute, eu tenho outra coisa com a qual você pode me ajudar. Você não costumava frequentar um lugar chamado Cat's Heaven, ou algo assim? Era algum bar perto do rio, eu acho.

— Cat's Blues Heaven. Blues que esses pés velhos podiam dançar até a manhã chegar. Nós costumávamos...

— Por favor, deposite cinquenta centavos, — disse uma voz gravada, abafando as últimas palavras de Jem.

— Jem, — Sam gritou ao telefone, — acabou meu troco. Onde fica o Cat's Blues Heaven?

— Perto de St. Rose. Siga a antiga River Road, a oeste, passando por Destrehan. Fica escondido entre os ciprestes, mas se você esperar até escurecer, poderá seguir a música.

— Por favor, ligue para Maire no clube e diga a ela para me encontrar lá, — ele gritou. Sam não teve tempo de pensar no porquê. Ele só sabia que precisava de Maire com ele agora.

Sam desligou enquanto a voz gravada pedia repetidamente por mais dinheiro. Ele estava sem troco, sem paciência; e ele tinha a sensação incômoda de que estava ficando sem tempo.

Sam então correu para a Shelby e entrou. Ele chamaria uma ambulância para buscar Charlie assim que conseguisse sinal de celular, mas agora estava determinado a descobrir onde Madsen havia passado aquela noite com Charlie. E com quem ela havia saído.

Antes de recuar, Sam verificou o espelho retrovisor e ficou surpreso ao ver um carro da polícia de Nova Orleans subindo a estrada. Estranho, Sam pensou. O policial estava muito longe de sua jurisdição. E ele estava indo na direção da casa de Charlie. Ou o senso de direção do policial era problema, ou alguma outra coisa era.

Sam parou atrás de uma lixeira e agachou-se em seu assento até o carro de polícia passar. Quando o veículo estava fora de vista, ele virou a Shelby na direção oposta e saiu para a estrada. — Duval, você é apenas um idiota, — ele se perguntou —, ou você se tornou algo muito mais perigoso, velho amigo?

20

Celeste estava sentada com a coluna reta na beirada de uma cadeira. Ela apertou os joelhos e encarou o reflexo que olhava de volta ela do espelho de maquiagem. Seus cabelos loiros estavam emaranhados, mas seu couro cabeludo doía demais para usar uma escova de cabelo. As flores amarelas manchadas no papel de parede vitoriano ao fundo acentuavam os hematomas que escorriam sob sua pele como poças d'água, espalhando-se lentamente a cada hora que passava.

Quando ela removeu a tampa de um tubo de lidocaína e cuidadosamente espalhou a pomada sobre os pulsos, ela estremeceu, mas permaneceu em silêncio enquanto a pomada penetrava nas abrasões da corda. Nem morta ela ia dar ao maldito a satisfação de vê-la com dor. Essa seria apenas mais uma maneira de ele controlá-la, e Celeste não estava disposta a ceder a nenhum homem. Especialmente não a Louis Santos.

Louis acendeu dois cigarros, levantou-se da cama e foi até a penteadeira. Ele segurou um cigarro sob o olho dela quase perto o suficiente para queimá-la. Quando Celeste não se encolheu, ele sorriu e colocou o cigarro entre seus lábios secos. Ela inalou profundamente, a fumaça subindo de suas narinas pelo rosto, como se tentasse camuflar os vergões com manchas de cinza. Louis colocou as mãos grossas nos ombros dela para massagear seus músculos. — Você foi ótima, querida, — disse ele, permitindo que uma baforada de fumaça de cigarro escapasse entre os dentes.

— Sim, você também, seu pervertido de merda!

Louis riu com vontade. — Não finja que não gosta. Você é uma prostituta. Você não deveria necessariamente gozar, sabe.

Celeste derramou um pouco de uísque sobre gelo e tomou um gole lentamente. — Você prometeu que não ia mais ser tão bruto. Você acha que meus outros clientes vão querer transar com uma mulher com um rosto que parece o de um lutador de boxe?

Louis riu de novo, porém, desta vez a risada tinha um que de ameaça. — Isso não é problema meu, vadia. Temos um acordo, então cale a boca.

— O acordo é que eu o mantenho informado sobre as idas e vindas das garotas das quais você gosta, e fico quieta sobre o que sei. E pelos meus serviços, você me paga dinheiro. Muito dinheiro. Quando foi que eu disse que você poderia me dar uma surra?

Louis parou de esfregar os ombros de Celeste e ficou muito parado atrás dela, suas mãos fortes circulando seu pescoço. — Escuta, sua puta, — ele disse ameaçadoramente —, eu não tenho que te pagar merda nenhuma. Se você abrir a boca, você morre.

— Então vou te levar comigo.

Em um movimento, ele deslizou as mãos em volta do pescoço dela. — Eu não tenho que esperar você abrir sua boca grande para me livrar de você, sua vadia de merda.

Celeste deu outra tragada no cigarro antes de colocá-lo em um cinzeiro de estanho na penteadeira. Ela se libertou do aperto dele e depois se virou para soprar a fumaça em seu rosto. — Não, você não precisa correr esse risco. Mas você vai.

Louis agarrou o rosto dela e enfiou os dedos grossos profundamente em suas bochechas. Ele continuou apertando os lados da boca dela enquanto a segurava.

Depois que Celeste olhou para seu captor por um breve momento, ela falou novamente através dos lábios franzidos. — Eu acho que eu vi um gatinho, — ela disse, quebrando habilmente a tensão do momento. Louis soltou uma gargalhada ao soltar seu aperto.

Depois que Celeste esfregou as bochechas, ela deslizou os dedos no copo de uísque e puxou um cubo de gelo. Ela esfregou o gelo no rosto machucado enquanto Louis se jogava de volta na cama.

— Eu acho que eu vi um gatinho — Louis repetiu, segurando suas próprias bochechas. — Isso foi muito bom. Você é hilária, boneca.

— Sim, eu sou muito adorável.

— É, tá.

— Você sabe que me ama, Louis. E você precisa de mim porque sou seu ingresso para o Clube de Cavalheiros, o que permite que você escolha seu "inventário de vendas" conforme necessário.

— Você pode ser substituída.

— Não se iluda. Nenhuma das outras garotas chegará perto de você. Elas ouviram falar sobre seus jogos sexuais loucos e besteiras de vodu. Hoje em dia Maire deixa você se encontrar apenas comigo porque ela ouviu que você é uma psicopata.

— Cala a boca, porra! — Louis gritou, pulando de pé. Ele pegou um cinzeiro da mesa de cabeceira e o arremessou pelo quarto. Celeste se abaixou bem na hora e ele se chocou com o espelho, quebrando o vidro em uma teia intrincada de pedaços irregulares.

— Eu já disse para você não me chamar assim, — Louis gritou enquanto corria em sua direção. Quando deu a volta na cama, ele tropeçou nas cobertas espalhadas e soltou uma torrente de palavrões.

Celeste se aproximou rapidamente da porta. — Ok, ok, querido. Vá com calma, — Celeste o acalmou enquanto recuava contra a parede. — Tudo o que eu quis dizer foi que as outras garotas não apreciam um homem de verdade.

Louis se colocou sobre ela, prendendo-a contra a parede. Ela agarrou a maçaneta da porta quando ele a levantou do chão. — Não pense que não posso conseguir outra garota para me ajudar, — ele rosnou.

— A única que você queria se foi. Madsen está morta, Louis. E ela era sua vítima, não uma parceira. Então, quem você vai chamar, os "caça-prostitutas"?

— Quem disse que eu não consigo pegar a vadia no topo de tudo?

— Maire? — Celeste riu amargamente. — Ela não atende os clientes. Ela se considera uma empreendedora que está acima de tudo isso. Além disso, ela não te suporta. Você não percebeu que ela não fala com você ou sequer olha para você quando você está por lá?

— Você é uma idiota! Tem muita coisa que você não sabe.

— Eu sei que você faz ela sentir nojo.

— Pare de dizer isso! — Louis gritou na cara dela. Ele pressionou seu corpo com tanta força contra o dela que ela teve que lutar para respirar.

Celeste sabia que ela já havia testado a sorte o suficiente. Ela iria se vingar dele, mas não agora. Ele estava bêbado demais e drogado demais com cocaína. Mas ela o pegaria *depois* de conseguir o dinheiro do acordo. — Claro. Claro, Louis, — ela ofegou. — Eu só fico com ciúmes, é só isso. Você sabe que eu te amo.

Louis lentamente colocou Celeste de volta no chão. Ele olhou para ela como se estivesse pensando em seu próximo passo, e então ele empurrou os cabelos dela para trás e gentilmente beijou cada machucado em seu rosto, um de cada vez. — Não tenha medo, querida, — ele sussurrou, seu hálito quente cobrindo sua pele. — Eu amo você. Nos divertimos bastante desde os bons e velhos tempos em Baton Rouge, hein?

— Sim, muito. Vamos voltar para a cama, querido. Então amanhã você pode me levar para fazer compras em algumas lojas realmente chiques, como você prometeu, — ela ofereceu.

Louis sorriu, fez uma reverência e correu para a cama. Ele pulou no colchão e saltou para cima e para baixo como uma criança. Depois de alguns minutos dessa brincadeira, ele pegou os grampos para mamilos.

Celeste tirou o roupão. Ela lembrou a si mesma de que estava recebendo muito dinheiro para ficar quieta, e ela faria o que fosse preciso para conseguir o dinheiro necessário para deixar toda essa merda para trás para sempre. Certamente, uma brincadeira ocasional com esse babaca não poderia machucá-la demais. Ou assim ela esperava.

21

Sam saiu da antiga estrada fluvial nos arredores de St. Rose e acendeu a luz do teto do carro. *Tenho que aprender a mexer no GPS*, ele lembrou a si mesmo. Mesmo acima do barulho do motor, ele podia ouvir os grilos gritando uns com os outros ao longo da margem do rio. Depois que Sam verificou seu mapa, ele abriu a janela ainda mais. Jem estava certa. Notas distantes de blues palpitavam através do ar pesado acima das árvores, confirmando que ele estava no caminho certo para o Cat's Blues Heaven.

Quando se inclinou para abrir a janela do passageiro, notou faróis no espelho retrovisor. Um Mercedes 250SL 1967 clássico parou ao lado dele e acendeu suas luzes.

— Você deve estar com muito tesão para me fazer dirigir até aqui para te encontrar, Sam Lerner, — uma voz feminina chamou pela noite. — Felizmente, "servir aos outros" é o meu lema.

Sam riu. — E eu tenho certeza de que ninguém faz isso melhor do que você, Maire.

— Você quer descobrir?

— Você me mataria. Mas obrigado por ter vindo. O lugar para onde estamos indo é lá para a frente, — ele gesticulou.

— Desde que não seja uma reunião da Klan, mostre o caminho, querido.

Eles entraram em uma estrada de terra e percorreram duzentos metros até uma parada de estrada coberta de estanho, aninhada na margem do rio. Depois de estacionar seus carros atrás de um manto de musgo espanhol, eles desceram e seguiram uma fileira de lanternas japonesas que os levaram sob um dossel de carvalhos até a porta aberta. O contraste era notável. Fios de luzes coloridas cobriam o teto do estabelecimento, que transbordava de música e foliões. Várias pessoas acenaram com a cabeça e inclinaram os chapéus quando eles entraram.

O interior do bar estava forrado com madeira áspera. Luzes de neon anunciando várias libações saturavam as paredes com cores, e uma cobertura fora puxada para trás para expor a sala à noite agradável. Quando Sam olhou para cima, viu estrelas tão grandes que pareciam empoleiradas para entrar pelas vigas abertas.

— Sinto-me deslocado aqui, — disse Sam a Maire, acima do solista de saxofone.

— Por que não somos negros?

— Claro que não! Porque eu não estou usando um chapéu!

Sam gostou da risada baixa de Maire. Os olhos dele já haviam avaliado seu vestido curto e apertado e os sapatos de salto alto. Sam soltou um assobio baixo enquanto observava suas longas pernas vestidas com meias-calças pretas. — Puxa, estou feliz que essas coisas voltaram à moda.

— Pernas?

Sam riu e balançou a cabeça enquanto puxava uma cadeira para ela em uma pequena mesa de bistrô perto da parte de trás da pista de dança. — Pernas assim nunca saem de moda. Quero dizer essas meias quadriculadas.

— Arrastão, — ela riu, — e elas são o meu próprio estilo. — Ela olhou em volta e sorriu. — Então, este é o Cat's Blues Heaven. Este lugar é uma lenda entre os habitantes locais.

— Então, como foi que nunca viemos aqui em todos esses anos?

— Não está integrado há tanto tempo. Estamos no sul, lembra?

Uma mulher negra em um vestido florido de repente deslizou um prato de costelas na frente deles. — Aperitivos. Eles são de graça para recém-chegados. Nós nunca vimos vocês aqui antes, não é?

Sam levantou-se e apertou a mão dela. — Nós nunca admitiríamos o contrário, não com costelas grátis como essas em jogo. Eu sou Sam, e esta é Maire. Obrigado pela hospitalidade.

— Servir um prato de costelas é melhor do que jogar tomates como uma recepção de boas-vindas, não é? Eu sou Carolina, a *Sra.* Kool Cat, para aquelas que podem estar de olho no meu homem. — A risada calorosa de Carolina explodiu através de um conjunto de dentes perfeitos enquanto ela acenava para um homem magro que estava polindo o velho bar de madeira com uma toalha.

— Eu acho que você conhece a mulher crioula que me criou, — Sam disse a ela. — Ela costumava vir aqui muito quando era mais jovem. O nome dela é Jemima.

— Jemima?

Sam sentiu-se corar. — Bem, eu a chamei assim quando eu era pequeno, — ele gaguejou. — Eu não sabia que poderia ser ofensivo e eu...

Carolina o deteve com uma gargalhada alta. — O que você andou bebendo, querido? Esqueça. Vou lhe mandar algo especial. — Carolina se afastou antes que ele pudesse protestar.

Sam olhou para a expressão confusa de Maire. — Eu acho que acabei de me fazer de idiota, — ele murmurou.

Ela sorriu e se inclinou para perto o suficiente para ele sentir o cheiro de sua pele quente. — Mas você faz isso tão humildemente.

Em questão de minutos, Carolina voltou com três canecas geladas de bebida escura. A especialidade do Cat, — ela anunciou. — Ele chama de Mijo de Macaco, porque vai fazer crescer cabelo nas suas costas e fazer você balançar das cortinas. Vamos brindar a Jem. Eu amo aquela mulher.

Sam hesitou enquanto Carolina franzia uma sobrancelha e esperava. Finalmente, ele pegou a caneca e tomou um pequeno gole para evitar mais ofensas a Carolina. Ele podia sentir o álcool queimando enquanto descia, suavizando lentamente as bordas afiadas dentro dele. Ele não conseguia se lembrar da última vez que se sentira tão quente e frio ao mesmo tempo. Ele ergueu o copo como um brinde e depois bebeu novamente.

Carolina limpou a boca com as costas da mão. — É uísque, cerveja e limão, com uma pitada do tempero secreto de Cat. Ele vai passar aqui mais tarde para verificar seu pulso. Então, como está sua Mammy? Ela esteve aqui apenas um mês atrás.

— Jem? Você deve estar enganada. Ela é velha demais para andar por aí.

— Sem engano, — protestou Carolina, levantando uma mão grande e escura. — Era Jemima, com certeza. Uma vez ela me disse que seu "filho" a apelidara assim. Ela pagou um táxi para trazê-la até aqui da cidade.

Embora Sam sorrisse ao ouvir que Jem se referira a ele como filho, ele não sabia por que estava orgulhoso e triste ao mesmo tempo. — Um táxi, hein? — foi tudo o que ele conseguiu dizer.

— Sim, aquela mulher tem tanta energia que você terá que prendê-la no caixão quando chegar a hora. E acho que ela sabe que a hora está chegando, garoto. Ela tem as visões.

— Sim, — Sam assentiu.

— Vejo que você é um cético, — observou Carolina, nunca perdendo seu jeito descontraído.

— Não completamente, mas sou policial. Lidamos com fatos.

— Bem, aqui está um fato para você. Muitas pessoas nessas partes acreditam que ela tem o dom. Jem costumava ler as conchas e cartões para nossos clientes. Ela é da realeza aqui. Acho que ela veio até aqui porque queria uma última dança com Cat.

— Ela estava dançando? — Sam olhou para Carolina e Maire com espanto.

— À moda dela. Bem ali na frente de todos. Você ficaria orgulhoso. — Carolina terminou a bebida e foi embora, aplaudindo com entusiasmo quando o saxofonista inclinou o chapéu para a clientela apreciativa.

Depois que ela foi embora, Sam balançou a cabeça e engoliu a bebida. — Eu deveria saber que Jem ainda estava cheia de bebida.

Para um ex-detetive, com certeza não consigo ver o que está bem na minha frente.

Maire colocou a mão na dele. — Se eu beber isso, vou cair de cara na mesa, — ela sorriu enquanto empurrava a bebida na direção dele. — Beba o meu. Eu não quero ofendê-la. Ofender é o seu departamento.

— Obrigado pelo apoio, — Sam sorriu, decidindo que poderia parar de beber novamente amanhã. Ele terminou a bebida e pegou a dela, passando a mão na perna dela enquanto se inclinava para mais perto.

— Você quer me dizer por que estamos aqui? — ela sorriu.

— Eu queria ver você, não é o suficiente?

Maire se aproximou e roçou os lábios na bochecha dele. — Sempre foi, querido. Mas não tenho mais certeza de que é o suficiente.

Sam sentiu o rosto corar. — Maire...

— Não diga nada, Sam. Estamos mais velhos agora, e nós dois precisamos um do outro. Estamos ficando sem tempo.

Sam pousou a caneca e segurou o rosto dela com as duas mãos. — Não estamos correndo para lugar algum. Quero falar sobre isso, querida. Penso em você o tempo todo. Mas agora preciso responder a algumas perguntas urgentes. Podemos esperar um pouco mais, não podemos? Nós sempre seremos nós. Você e eu.

Maire acenou com a cabeça enquanto se acomodava na dobra do braço dele. — Ok, eu posso esperar. Então, pela última vez, por que estamos aqui?

— Acho que foi aqui que Madsen veio na última noite em que alguém a viu viva.

— Sam, deixa isso pra lá.

— Maire, ela estava com um velho amigo meu, Charlie Biscay. Ele foi à sua casa com Leon Duval algumas vezes. Ele morreu hoje.

— Sim, Jem me disse. É claro que me lembro do querido Charlie, e sinto muito. Sei que vocês eram amigos há muito tempo.

Seus grandes olhos verdes estavam olhando mais fundo dentro dele do que ele queria que alguém visse. A intimidade de seu olhar perturbou Sam. Ele desviou o olhar, recorrendo à sua camuflagem emocional bem praticada. — Estou apenas tentando juntar as coisas, — explicou ele. — Vi Leon Duval a caminho da casa de Charlie poucos minutos após a morte dele. Isso é coincidência demais.

Maire gemeu. — Pobre Leon. Ele vai ficar tão chateado. Ele está tentando localizar Charlie há vários dias. Ele pegou os remédios de Charlie para ele, mas Charlie tinha sumido da face da Terra. Leon me disse que planejava ir à propriedade da família de Charlie para tentar encontrá-lo.

— Foi na hora certa, — Sam murmurou. — Eu poderia jurar que Duval estava me procurando.

— Isso é pura paranoia. Ele está apenas *tentando* cuidar de você. Na verdade, ele apareceu na minha casa ontem para ver se você estava lá.

— Jesus Cristo. É como se ele estivesse apaixonado por mim!

— Bem, quem poderia culpá-lo? Mas ele disse que queria levá-lo ao Domilise para um guisado de ostras. Ele sempre admirou você, Sam. Ele é como uma criança quando você está por perto, sempre buscando sua atenção e conselhos. Foi por isso que ele pediu que você falasse com a mãe de Madsen.

— Que escolha ele teve? Era bastante óbvio que eu começaria a fazer perguntas quando soubesse do desaparecimento de Madsen.

— É verdade, mas você sabe que ele adoraria levá-lo para trabalhar com ele, para que vocês possam ser novamente o time que eram em Tulane.

— Esses dias acabaram.

— Sim, talvez ele viva no passado, mas é tudo o que ele tem agora que Linny o deixou por outro homem. Dê um tempo ao pobre rapaz. Lembre-se de quem são seus amigos, amor.

Maire estava certa e agora Sam se sentia péssimo. Duval sempre o havia protegido e o seguia como um São Bernardo, esperando uma chance de resgatá-lo e provar seu valor. — Acho que meu quociente de confiança é muito baixo. Talvez morar em Los Angeles tenha me deixado cínico demais. Vou tentar pegar leve com ele.

— Sim, deixe-o fazer o papel do quarterback campeão para variar.

— Sim, senhora. Viu como sou bom em obedecer ordens?

Maire sorriu e se inclinou para mais perto dele. — Não vamos mais falar sobre Leon Duval. Acabei de ganhar você de volta e não quero compartilhar você com mais ninguém.

Quando Sam terminou a bebida de Maire, ele se sentia tão relaxado que seu corpo parecia sem peso. Ele deslizou a mão de debaixo da dela e a colocou em cima. Maire sorriu quando se virou para ouvir a banda. — Espero que você nem sempre tenha que estar por cima, — disse ela pelo canto da boca.

Sam riu. — Você está me provocando, mulher, e não deveria provocar um homem faminto.

Ela lhe lançou um olhar sedutor e de repente pulou para fora da cadeira. — Vamos lá, Sam, vamos dançar.

Enquanto Sam deixava Maire levá-lo à pista de dança, ele percebeu que suas pernas pareciam esponjas. — Porra, amor, eu mal posso dançar quando *não* estou bebendo, então como diabos você espera que eu dance agora?

— Shhh, eu já vi você dançando.

Sam ficou no meio da multidão e respirou o cheiro de suor e perfume. Embora os ventiladores de teto lutassem para levantar o calor do chão, a temperatura estava ainda mais quente perto da banda. Sam pegou Maire nos braços e começou a dançar preguiçosamente em torno do velho piso de carvalho. Enquanto ele balançava ao som da música, a sala gradualmente se tornou um borrão de azuis e vermelhos, cada rosto granulado pela fumaça e pelos efeitos do álcool.

Sam se concentrou em Maire. Seu vestido estava grudado na pele úmida, formando um V onde suas pernas se uniam. Ele podia ver o contorno do monte púbico dela e sentiu-se ficando duro. Ele tinha certeza de que ela notara, mas estava tonto demais para ficar envergonhado.

Depois de várias danças, eles se sentaram novamente. Sam pediu outra cerveja da casa para si e um copo de vinho para Maire. Dessa vez, Cat entregou as bebidas ele mesmo. — Bem-vindo ao Cat's Blues Heaven. — Ele largou as bebidas e deu um tapa nas costas de Sam em uma calorosa saudação. Ele beijou galantemente a mão de Maire antes de se voltar para Sam novamente. — Carolina me disse que você é o filho de Jem, apesar de que com os olhos azuis que você tem, eu não consigo ver nenhuma semelhança, — ele sorriu de brincadeira.

— Bem, eu sou praticamente parente. Ela me criou.

— Eu sei. Ela se vangloria de você sempre que o vento sopra. Ouvimos dizer que você resolveu muitos casos grandes lá no norte. Eu tenho família lá em cima. Todos sabem que devem ligar para Sam Lerner se houver algum problema.

Sam pensou no que o velho estava dizendo. Até estranhos sabiam o nome dele. E era por causa de Jem. Sam sabia que, desde a morte de Kira, ele não havia pensado tanto em Jem quanto ela pensava nele. Ele aprendera a destilar suas emoções em uma bebida agradável de isolamento e negação, e agora ele estava se arrependendo. Enquanto tomava sua bebida, Sam notou o quanto cada uma descia cada vez mais fácil.

— É boa, hein? — Cat sorriu. — Então, como você e essa bela dama acabaram nessas partes? Tenho certeza de que não era para dançar com os irmãos, porque eu vi você dançando.

Maire soltou uma risada baixa enquanto se levantava para dançar sozinha. Sam sentiu um toque de brisa e se inclinou em sua direção enquanto estudava seus movimentos sedutores sob as luzes quentes. Apesar de sua relutância em desviar os olhos da bela vista, ele puxou uma cadeira e fez um gesto para Cat se sentar. — Várias semanas atrás, uma garota veio aqui. Ela era de pele clara, biracial, vinte e poucos anos, com longos cabelos castanhos. — Ele tirou a carteira e mostrou a foto de Madsen que havia recebido da mãe dela.

Depois que Cat estudou a foto, ele assentiu e a deslizou de volta sobre a mesa. — Esta garota veio aqui com Charlie Biscay.

— Então você conhecia Charlie?

— O que você quer dizer com "conhecia"?

— Ele morreu, Cat.

— Caramba. Ele era um cara muito legal, e um dos nossos clientes brancos regulares. Nós não temos muitos, então é fácil lembrar de vocês. Sempre dando gorjetas demais, — ele piscou.

— Isso é o efeito da sua cerveja especial. Não é à toa que você distribui à rodo.

— Gosto do seu senso de humor, filho. Charlie costumava aparecer sempre que viajava entre sua casa e a cidade.

Sam mostrou a foto novamente. — O nome dela é Madsen. Você se lembra se ela estava usando o medalhão na foto?

— Madsen, hein? Bem, ela estava brincando com algum tipo de colar. É assim que eu podia dizer do outro lado da sala que ela estava nervosa.

— Nervosa?

— Bem, não com Charlie, mas depois. Ela e Charlie estavam se divertindo, eu sei. Então, de repente, ela se levantou e foi embora com outra pessoa.

— Você sabe quem era?

— Eu não conheço o sujeito. Escuro, atarracado e grosseiro. Ele entrou e se sentou à mesa deles como se os conhecesse. Não peguei o nome dele quando Charlie o apresentou a mim. Quando pedi para ele repetir, o cara só disse para chamá-lo de "Santo", como se esse fosse o apelido dele ou algo assim.

— E Madsen foi embora com o cara?

— Sim. Charlie tentou impedi-la quando ela se levantou, mas ela pediu que ele se sentasse. Ela parecia assustada, como se ela não ousasse dizer não ao outro sujeito. Mas o cara não estava arrastando ela nem nada, então eu não vi razão para pegar meu taco. Foi tudo o que ouvi. Alguns protegidos de John Lee Hooker tinham vindo tocar, e o lugar estava tremendo como as tetas de uma prostituta. Eu vi que Charlie ficou bem chateado, mas ele não se atreveu a dizer nada para o cara. Ele apenas se sentou com a cabeça nas mãos e ficou olhando eles saírem.

— Ele os seguiu?

— Não, apenas ficou sentado e bebeu. Quando eu o levei algo

para comer, ele murmurou algo sobre ter tentado avisá-la, e então ele passou mal e correu para fora. Eu nunca mais o vi depois disso.

— Você se lembra de mais alguma coisa sobre o cara com quem Madsen saiu?

— Não muito. Eu não vi o carro dele.

— Ele estava fumando um charuto?

— Na verdade, estava. E ele tinha uma bolada de dinheiro. Mas você não ouviu isso de mim. Eu não quero problemas.

— Eu nunca nem estive aqui, Cat, — Sam assentiu. — E, a propósito, estava com uma baita dor de cabeça há três semanas, mas finalmente passou. — Sam levantou sua bebida em uma saudação antes de tomar o resto.

— Espere até amanhã, — Cat riu, saudando-o de volta.

Quando Sam olhou para cima, notou Maire voltando para a mesa. A maioria dos outros clientes do sexo masculino também notara.

Antes que Cat pudesse devolver sua cadeira, Maire se sentou no colo de Sam. Enquanto ela continuava a se mover ao ritmo lento da música, ela pressionou seu corpo úmido mais perto do dele. Sam podia sentir seu desejo aumentando. Ele tentou focar sua atenção em Cat, que estava sorrindo para ele como um cão de caça.

— Nossa, está quente aqui, — Cat sorriu. — Acho que vou pegar um pouco de ar. — Ele riu e pediu licença com uma ligeira reverência.

— Obrigado, Cat, — Sam gritou ao anfitrião. Ele roçou a bochecha na nuca de Maire enquanto observava o homem mais velho sair.

De repente, Sam sentou-se direito e ficou perfeitamente imóvel. Ele apertou os olhos e olhou além de Cat para a escuridão. Meio oculto pelos ciprestes pendurados que ladeavam a antiga estrada de terra, havia a forma inconfundível de um veículo policial.

Sam deslizou Maire do colo e lutou para se levantar. Enquanto ele observava através de uma névoa de álcool, o motor do carro ligou. Com os faróis apagados, o carro saiu devagar e desapareceu na noite.

SAM SENTIU uma agitação que não sentia desde a morte de Kira. Ela encheu seu peito e pressionou contra sua virilha. Sua boca estava seca, mas seus sentidos pareciam amplificados. O olfato dele estava tão sensível que ele quase sentiu o gosto da pele de Maire quando ela se inclinou contra ele na frente do carro dela.

— Você tem certeza de que está bem o suficiente para dirigir? — ela perguntou.

— Claro. Juro de pé junto.

— Talvez eu deva levá-lo de volta à minha casa.

— Vou segui-la, querida. Estou bem. E prefiro não deixar meu carro aqui.

Lentamente, ele se inclinou para beijá-la, surpreso com o gosto que ela tinha. Quando ele cobriu os lábios carnudos de Maire com os seus, parecia que todos os nervos de seu corpo estavam ganhando vida. Ele estava tremendo de novo, mas desta vez por um motivo diferente.

Os gemidos de Maire encheram sua boca. Quando ela pressionou os seios contra o peito dele e colocou os braços em volta do seu pescoço, Sam quis absorvê-la através de sua pele. — Vamos sair daqui, — ele sussurrou.

Sam esperou que Maire ligasse o carro dela antes de subir no dele. Depois de se atrapalhar com o cinto de segurança, ele conseguiu ligar o motor e acender os faróis. Ele passou pela Mercedes devagar e certificou-se de poder vê-la no espelho retrovisor antes de prosseguir pela estrada de terra que corria paralela ao rio.

Sam abaixou a janela para respirar o ar rico do Mississippi. Era uma mistura de peixe, cipreste e lama, um perfume familiar que ele amava. Ele olhou para o relógio: 02h35. Não era de admirar que estivesse desejando ovos mexidos e tomates verdes fritos com molho remoulade. E Maire.

Sam conhecia um lugar onde a levaria mais tarde para um café da manhã, mas ele tinha outras coisas em mente agora. Era bom querer uma mulher novamente. Fazia muito tempo desde que ele se sentira tão vivo.

Sam manobrou a Shelby através da névoa com facilidade enquanto seguia a estrada ao longo da curva do rio. Quando ele ganhou velocidade na reta ao longo da margem, a corrente do ar noturno passou por seus cabelos úmidos como dedos frios e calmantes.

A névoa rolou sobre o para-brisa, criando sombras que acabavam logo além do para-choque dianteiro. Sam diminuiu a velocidade do carro para garantir que Maire ainda estivesse seguindo-o. Quando viu os faróis atrás dele, acelerou novamente e entrou na parte de cascalho da antiga estrada do rio.

Sam imediatamente soube que estava com problemas quando a Shelby chegou a um trecho escorregadio da estrada e começou a derrapar. A névoa e a lama haviam tornado a estrada escorregadia e seus pneus lutavam em vão para aderir à superfície da estrada. Quando ele girou o volante na direção oposta de para onde estava derrapando, ele viu um carro se aproximando dele, aparentemente incapaz de acompanhar suas luzes traseiras que não paravam de se mexer na neblina. O carro passara pela Mercedes de Maire e estava indo rápido demais para a condição da estrada antiga. Sam pisou no acelerador e tentou sair do caminho.

Quando a Shelby deslizou repentinamente para a direita, suas rodas traseiras afundaram na vala entre a estrada e a encosta da margem do rio. Sam sentiu o carro resistir enquanto tentava tirá-lo do sulco irregular ao lado da estrada, que havia se tornado mais fundo devido ao escoamento constante de água pesada. Ele segurou firmemente o volante e pisou fundo nos freios, mas a velocidade do carro continuou a impulsionar a Shelby para frente.

De repente, Sam sentiu algo bater atrás do seu carro. Ele ouviu o vidro quebrar e viu luzes rodopiando enquanto seu carro começava o que parecia uma rotação lenta. A frente do carro se levantou, inclinando-o para trás como um brinquedo de parque de diversão em câmera lenta. Quando a frente caiu novamente, Sam teve a vaga noção de que estava rolando. Depois que a rotação parou, um pesado silêncio o cercou.

Sam sentiu gosto de grama e lama, mas quando ele tentou alcançar a boca, seu braço não cooperou. A névoa formava fantasmas ondulantes que o rodeavam enquanto ele tentava entender o que havia acontecido. Sua cabeça estava úmida e uma dor esmagava suas têmporas e se espalhava para trás em direção ao topo da sua cabeça. Apesar da sua falta de equilíbrio, ele respirou fundo e tentou permanecer alerta. Enquanto ele exalava, o ácido em seu estômago disparou para cima, queimando tudo em seu caminho.

Sam podia ouvir a voz de Maire à distância. Ele tentou perguntar se ela estava bem, mas não conseguiu localizá-la. Então ele ouviu outra voz, mas não conseguiu entender as palavras.

O gosto metálico em sua boca o deixava enjoado, e ele estava com tanto frio que não conseguia parar de tremer. Gradualmente, ele rolou ainda mais sobre a barriga, buscando silêncio e calor. Ele gemeu sobre a terra molhada e fechou os olhos.

22

RENEE OLEYANT SENTOU-SE NA SALA DE ESTAR SUAVEMENTE ILUMINADA e olhou em volta para os símbolos e ofertas de vodu que enchiam a pequena cabana crioula. Uma forte fumaça de vela se erguia sobre uma cruz de cabeça para baixo no altar desordenado e pairava sobre vários chocalhos brutos que estavam ao pé da cruz, prontos para convocar as divindades. Os ritmos dos tambores eram intensos enquanto os braços de fumaça estendiam as mãos como que para erguê-la da cadeira.

A casa saturada de cores no French Quarter era um contraste bem-vindo ao The Good Deal Inn, onde Renee estava hospedada. A estalagem era lavada com uma palidez cinzenta, uma declaração suave para não comprometer qualquer coisa viva que pudesse passar por suas portas metálicas sem janelas.

Renee se sentia segura no calor da cabana enquanto olhava para a pequena foto de sua filha. Ela colocara a foto de Madsen ao lado de uma garrafa de rum, um pacote de Marlboros e as bolsas de remédios que ela trouxera como oferendas.

Uma velha estava sentada à pequena mesa diante dela, sua pele escura brilhando com suor enquanto ela se curvava sobre as conchas. Renee ficou hipnotizada pelas mãos compridas da mulher, que pareciam ter sido esculpidas em nogueira. As juntas estavam duras com artrite, mas a mulher conseguia se mover rápida e silenciosamente, usando apenas as juntas dos dedos para virar as conchas. Ocasionalmente, a mulher parava para encarar Renee ou beber um pouco de rum antes de voltar ao seu silêncio de transe.

Renee Oleyant sabia que não tinha sido uma boa mãe. Ela engravidara de um cliente quando ainda havia sido ela mesma uma criança. Talvez ela devesse ter colocado Madsen para adoção, mas ela nunca tivera nada que tivesse sido seu. Esperando cegamente que um dia um homem lhe permitisse deixar a vida que levava ao oferecer um lar para ela e seu bebê, ela se vendera a muitos homens que ofereceram falsas esperanças.

Renee Oleyant envelhecera muito rápido. O crack servira para diminuir o vazio que se instalava nela todas as manhãs enquanto ela contava as poucas notas que algum estranho havia deixado na mesa de formica da cozinha. Ela costumava ignorar as andanças noturnas de seus clientes para o quarto adjacente em sua casa em ruínas. Ela acendia o cachimbo e esquecia de tudo, inclusive de sua filha que dormia naquele quarto.

Embora estivesse sóbria agora, sabia que havia perdido a chance de fazer as coisas direito. Ela estava feliz por Madsen ter fugido para se salvar. Mas agora sua filha precisava de ajuda, e Renee estava determinada a fazer um último esforço para salvá-la. Ela acreditava que era o único ato redentor que poderia justificar sua própria jornada conturbada nesta terra. À maneira distorcida e doentia de Renee, Madsen tinha sido a única coisa com a qual ela já se importara. E Renee Oleyant estava buscando perdão.

Renee ficara cada vez mais angustiada quando não conseguira falar com Sam Lerner e pedir notícias da filha. Ela não podia mais esperar pela ajuda da polícia, decidira, e não seria ignorada. Ela queria respostas. E foi preciso pouco esforço para encontrar a sacerdotisa vodu que era conhecida por suas visões.

Renee observou a velha mulher morder fora a ponta de um charuto e acendê-lo. A sacerdotisa esfregou os olhos com as pontas dos dedos para tentar afastar o revestimento de catarata que às vezes embotava as visões. — Não posso ver claramente esta noite. E não quero compartilhar más notícias, — disse a mulher em voz baixa. — Sou velha e já vi demais. Às vezes fico confusa.

Os batimentos cardíacos de Renee se aceleraram. — Me disseram que você é a melhor, — ela sussurrou. — Você precisa de mais dinheiro?

— Não, mas acho que não devemos continuar com isso. Sinto muito.

Quando a velha mulher esticou a mão para recolher as conchas, Renee colocou a mão elegante por sobre a dela. O calor da pele da sacerdotisa era mais intenso do que qualquer coisa que Renee desejava sentir naquele momento. — Diga-me, por favor, — Renee ordenou.

A mulher hesitou e tomou um gole longo da garrafa de rum antes de caminhar rigidamente para o sofá. Lentamente, ela se sentou e olhou pela janela. — A menina está morta, — ela suspirou. O remorso em sua voz tornou suas palavras quase inaudíveis. — O sofrimento dela finalmente terminou, — ela sussurrou.

Renee ofegou. Seu corpo se recusava a se mover enquanto observava a velha sacerdotisa soprar as velas. Finalmente ela se levantou, ordenando que as pernas a carregassem em direção à porta. — Obrigada, Jemima, — Renee disse mecanicamente antes de sair para as ruas barulhentas do Vieux Carre.

23

Sam piscou os olhos e tocou sua testa. A pressão em seu crânio o despertara de um sonho profundo onde ele estava se afogando. A água entrava no nariz dele, apertando lentamente as têmporas. Por um momento, ficou feliz por estar acordado... Até sentir a dor no rosto. Ele estremeceu e piscou várias vezes até perceber que Maire pairava sobre ele.

— Você está com uma cara horrível, — ela sorriu com simpatia.

Quando Sam olhou em volta, percebeu que estava no quarto de Maire, no terceiro andar do Clube de Cavalheiros. A familiaridade da lareira de madeira esculpida e os tapetes persas exuberantes davam-lhe uma sensação de conforto, apesar da dor que sentia da cintura para cima. — Aiii, — ele gemeu —, o que você fez comigo, mulher?

— Você fez isso sozinho, querido. Estávamos saindo do Cat's Blues Heaven, lembra?

— Ah, é. Você está bem?

— Estou bem, e você vai ficar também, mas a Shelby está na UTI.

— Agora eu realmente preciso de uma bebida, — ele resmungou. — Como está o seu carro, amor? — ele perguntou enquanto tentava ignorar seus seios, que estavam aparecendo através de sua blusa branca fina.

— Não fui eu quem bateu em você, Sam. Alguém passou por mim, ficou entre nós e estava avançando em você. Eu não consegui distinguir o carro no meio do nevoeiro, mas parece que você viu os faróis e desviou para evitá-lo. Seu carro escorregou da pista e rolou pela margem. Você não havia apertado o cinto de segurança direito, então foi jogado do carro e caiu no pântano. O outro cara continuou em frente.

— Então, eu ainda estou inteiro? — Sam perguntou, cansado demais para fazer um inventário.

— Acredito que sim, mas você tem muitas contusões e lacerações. — Maire agarrou a mão dele quando ele tentou tocar seu rosto. — Não toque. Coloquei compressas de gelo no seu nariz e na sua cabeça. Você sofreu uma pequena reforma.

— Jesus, daqui a pouco vou aparecer no Irmãos à Obra. Então você me trouxe de volta aqui?

— Sim. Você se recusou a ir a um hospital e ficou reclamando sobre o seu carro o tempo todo. Eu te dei um pouco de Vicodin, então você dormiu por um tempo. Reboquei a Shelby para a Oficina do Hank para reparos. Você vai se lembrar de todos os eventos da noite depois que comer uma refeição quente e as drogas saírem do seu sistema.

— O que é esse peso nas minhas pernas? — Sam tentou examinar a metade inferior, mas não conseguiu se sentar.

— Relaxe, Sam, você não está paralisado se é isso o que te preocupa. É Beatrice. Mandei Celeste buscá-la. Ela estava tentando lamber suas feridas para curá-lo.

— Celeste ou Beatrice?

— As duas.

Sam riu e se abaixou para acariciar a cabeça de Beatrice. Ele então colocou uma mão na perna de Maire. — Obrigado, querida. Eu não tinha planejado acabar na sua cama dessa maneira.

— Caramba, isso é o mais próximo que chegamos em vinte e cinco anos, querido. Espere até você se curar. Então vamos negociar. Prefiro que meus homens estejam conscientes.

— Pelo menos até você terminar com eles, — ele respondeu. Sam tentou não sorrir porque sua cabeça doía toda vez que seu rosto se movia.

Ele estava tentando pegar uma caixa de aspirina na mesa de cabeceira quando Celeste entrou no quarto. Sam ficou chocado com sua aparência. Era evidente que seu cabelo loiro estava puxado sobre os olhos para cobrir uma massa de contusões.

— Aqui está a tigela da cachorra, Maire, — disse Celeste, mantendo o rosto baixo. Quando ela percebeu que Sam estava olhando para ela, ela se virou para sair. — Estou feliz que você esteja bem, Sr. Lerner, — disse ela formalmente por cima de um ombro ao sair da sala. Ele notou que Celeste estava mancando.

— Jesus, Maire, o que diabos aconteceu com Celeste?

— Está horrível, né? Algum cliente fez isso com ela. Ela não quer falar, mas acho que ela tem algum relacionamento doentio com alguém que ela conhece há um tempo. Já vi sinais disso antes.

— Eu pensei que você não permitisse isso.

— Não aconteceu aqui. — Maire suspirou e desviou o olhar. — É da conta dela o que ela faz no seu tempo livre, Sam.

— Ela deu queixa?

— Não, ela se recusou.

— Você tem alguma ideia de quem é o filho da puta que fez isso com ela?

— Pedi a Leon Duval para investigar. Agora fique quieto enquanto eu trago uma sopa para você.

Sam fez um gesto para Beatrice, que agora estava ao pé da cama, segurando a tigela na boca. — Maire, eu odeio abusar, mas ela já comeu?

— Aham. Duas vezes. Beatrice ganhou peito de boi. Você vai ficar com o caldo.

— Eu preferiria um pouco da sua jambalaya picante com salsicha e camarão Andouille.

— Talvez mais tarde. Caldo primeiro.

Quando Sam soltou um gemido muito exagerado, Maire riu e se virou para ir embora. Enquanto Sam a observava caminhar pelo corredor, ele apreciou a maneira como os quadris dela balançavam, como se estivessem conversando entre eles. Ele sorriu e recostou-se no travesseiro, feliz por ter alguém para cuidar dele.

Celeste sentou-se na cadeira de balanço em seu quarto e olhou pela janela para as glórias-da-manhã roxas que escalavam as paredes do pátio. A dor no pescoço machucado era um lembrete constante para não tentar dar um passo maior do que a perna.

No reflexo da janela, seu rosto estava distorcido, como se fosse grande demais para seu pescoço fino. Suas raízes escuras precisavam de retoques, mas ela não dava a mínima. Olhando para as mãos, ela viu como o esmalte nas unhas estava lascado e descascando. A tinta vermelha escura era da cor do sangue. Um dia em breve seria o sangue dele, ela decidiu.

Balançando a cabeça em desgosto, ela se lembrou de como costumava gostar do filho da puta doentio. Eles haviam compartilhado bons momentos quando eram mais jovens, mas isso foi antes de suas preferências se tornarem cada vez mais sádicas. Agora o maldito merecia morrer.

Ela e Louis estavam jogando um jogo de controle que chegara a um ponto perigoso. E ela estava perdendo. O filho da puta psicopata era mau e louco, mas ela precisava do seu dinheiro. Um acordo era um acordo, e ela não ia sair da cidade sem conseguir o que lhe era devido. Afinal, ela havia feito por merecer.

Enquanto continuava olhando sua própria imagem distorcida na janela, Celeste estendeu a mão para a cama, enfiou a mão embaixo do travesseiro e procurou o objeto de aço. Ainda estava lá.

Fora uma reviravolta fortuita quando Maire pediu a Celeste que fosse até a casa de Sam Lerner para pegar a cachorra e algumas roupas para Sam. Dera tempo para ela elaborar seu plano com mais cuidado.

Enquanto vasculhava as gavetas da cozinha de Sam, Celeste encontrou a solução mais fácil para o seu problema. Ela iria com certeza conseguir seu dinheiro com Louis antes de sair da cidade; e logo depois de receber o pagamento, encurralaria o filho da puta durante um momento vulnerável em que ele não seria capaz de se defender. Então ela o mataria.

Ela planejava deixá-lo tão morto que seria como se ele nunca tivesse existido. Celeste sorriu ao imaginá-lo. Sim, ela o deixaria tão morto que ele morreria até em sua próxima encarnação cruel e doentia. E a arma de Sam Lerner daria conta do recado.

24

Sam estava sentado na cama de Maire. Uma mão segurava o celular enquanto a outra pendia do lado da cama, segurando um biscoito de cachorro para Beatrice mastigar. Enquanto ficava em espera, ele olhava para seu arquivo crescente do caso de Madsen, que havia sido recuperado para ele de sua casa em Chalmette.

Apesar de Ramona confiar em Maire, Sam telefonara para Antoine no restaurante Tujagues e pedira a seu velho amigo que fosse avisar Ramona que alguém do clube de cavalheiros iria passar lá. Sam queria honrar o pedido de Ramona de não divulgar seu paradeiro, e sabia que Ramona já havia tido sorte uma vez por não estar lá quando Celeste aparecera. Duas vezes seria tentar a sorte.

Segundo Antoine, todos os sinais indicavam que Ramona já havia ido embora. Sam esperava que ela tivesse saído da cidade rapidamente, para não ser seguida novamente.

Sam pressionou o telefone mais perto do ouvido quando seu amigo da polícia de Los Angeles voltou à linha. — O apelido dele é "O Santo", — disse Sam ao telefone. — Verifique qualquer coisa que possa ser semelhante, Joe. Esse cara deve ter antecedentes. Comece com as conexões em Baton Rouge. Era lá que a vítima, Madsen

Cassaise, residia antes de vir para cá. E não passe isso para ninguém da polícia de Nova Orleans. Não sei quem está limpo.

Enquanto Sam esperava Joe atender outra ligação, ele olhou para um artigo que havia cortado do *Times Picayune* e colocado no arquivo de Madsen logo depois que ela desaparecera. Ele estava olhando para a notícia quando Joe voltou à linha.

— Eu pensei que você estava aposentado, amigo, — Joe disse no outro lado da linha. — Você não fugiu em direção ao pôr-do-sol para ser vigia noturno ou para ir pescar com Furman e todos os nossos outros policiais renegados que agora moram em Idaho?

— Muito engraçadinho, Joe. *Estou* aposentado. Estou ligando da cama, e é meio-dia.

— Espero que você não esteja sozinha. Você se encontrou com a adorável Maire de quem me falou tanto?

Sam instintivamente olhou para fora das janelas compridas que alinhavam uma parede do quarto. Ele viu Maire no jardim cortando rosas para um buquê. Sam sorriu enquanto observava seus movimentos graciosos. — Estou na cama da adorável dama agora, — ele respondeu. — Mas não tire conclusões precipitadas.

Joe soltou uma risada no outro lado da linha. — Eu vou para aí nas primeiras férias que conseguir, — Joe riu.

— Bom, você pode me fazer outro favor antes de fazer as malas?

— Claro. Do que precisa?

Sam leu o artigo de jornal novamente e sublinhou um nome. — Veja o que você pode descobrir sobre o caso de uma garota que se afogou aqui pouco antes de eu chegar. Encontre uma maneira sutil de contornar a polícia local. O nome dela era Carol Stone, tipo Sharon Stone.

— Entendi.

— Veja se o legista Malcolm Wilson assinou sua certidão de óbito.

— Tudo bem. Você vai ficar aí por um tempo?

— Aham, estou mais machucado do que um galo de briga.

— Jesus, essa mulher deve ser um furacão, — brincou Joe. — Tente ficar inteiro. Eu já te ligo de volta.

Depois que Sam desligou, ele continuou olhando o artigo de

jornal até que se deu conta do que o levara a salvar uma cópia da notícia. Carol Stone aparecera morta pouco antes de Sam retornar a Nova Orleans. Ela fora vítima de afogamento assim como Madsen, com idade próxima, sem parentes, ocupação desconhecida, origens desconhecidas e também uma prostituta. Ele havia percebido um padrão. E suas suspeitas estavam se confirmando.

Sam se levantou e se firmou, irritado com a forma como os efeitos do Vicodin permaneciam como a neblina de Los Angeles. Ele abriu a janela e gritou para Maire, que estava sozinha no pátio.

— Ei, amor, você já teve uma garota aqui chamada Carol Stone?

Maire protegeu os olhos contra o sol e olhou para ele. — Não, Sam.

— Tem certeza?

— Sim, a menos que ela tenha ficado aqui brevemente alguns meses atrás. As de curto-período costumam usar nomes falsos.

— Você sabe onde essa garota foi?

— Não faço ideia.

Sam assentiu e fechou a janela no momento em que seu celular tocou novamente. — Joe?

— Sim, Sam. A história oficial é que Carol Stone, também conhecida como Cara Spencer, se afogou e foi enviada para o cemitério como um corpo não-reclamado. Wilson assinou o obituário. No entanto, o cemitério para qual eu liguei não a encontrou nos registros.

— Que surpresa, — disse Sam sarcasticamente.

— Eu vou continuar investigando.

— Obrigado. Até mais tarde, amigo. — Sam vestiu as calças, bebeu um copo de suco e enfiou o telefone no bolso. Ele tinha sua própria investigação a fazer.

Quando Sam se sentou do outro lado da mesa do legista Malcolm Wilson, ele sentiu o hálito rançoso do velho e sua forte transpiração. Sam o pegara de surpresa quando entrara no escritório. Wilson não estava com disposição para conversar, nem parecia estar em condições de conversar. O rosto do legista estava ainda mais amarelo-alaranjado do que quando eles se conheceram, como se tivesse sido polvilhado com pólen de flores. E seus olhos inflamados estavam sem vida.

Sam colocou a arma sobre a mesa, um sinal de que ele não estava lá para uma visita social. — Eu sei que você está escondendo evidências, Wilson. Então acho que é hora de termos um pequeno momento de confissão aqui hoje.

— Eu não tenho que falar com você, Sr. Lerner. Eu vou chamar a polícia para te tirar daqui à força.

— Se você está sendo pago para ficar calado, nenhuma quantia de dinheiro vai te salvar em uma penitenciária federal. — Sam enfiou um jornal sob o rosto do legista antes que ele pudesse pegar o telefone. — Carol Stone se afogou pouco antes de Madsen Cassaise, e ela foi enviada para o cemitério Potter's Field, mas eles não têm registro dela lá. O corpo de Madsen também está desaparecido. Há muitas semelhanças.

— Eu não sei do que você está falando.

— Claro que sabe. E quando eu provar que os desaparecimentos dessas garotas estão conectados e seus corpos desapareceram misteriosamente, você será acusado como cúmplice, — ameaçou Sam. — Foi você quem supostamente examinou seus corpos e apresentou relatórios falsos.

Wilson ficou muito quieto. Quando ele finalmente falou, sua voz estava forte e controlada, permitindo a Sam vislumbrar um pequeno vestígio do homem que havia habitado o corpo agora em decomposição. — Como você deve ter imaginado, Sr. Lerner, não tenho muito tempo de vida. Tenho uma esposa, dois filhos e uma neta adorável. Eu apreciaria se você não manchasse minha reputação. É tudo o que tenho depois de trinta anos de dedicação a este trabalho ingrato.

— Então fale comigo, Wilson.

— Eu precisava de dinheiro. Tenho cirrose e doenças cardíacas. É uma maneira cara de morrer. Não quero deixar minha família sem um tostão.

— Se você precisa de dinheiro para o tratamento, Wilson, existem outros meios de obtê-lo.

— É tarde demais, Sr. Lerner.

— Não é tarde demais para ajudar uma mãe que precisa se despedir de sua filha. Você deve entender a importância de se despedir.

— Eu não sei tanto quanto você pensa. No entanto, realmente *acredito* que as garotas se afogaram. — Wilson enfiou a mão na gaveta, pegou uma garrafa de Jack Daniels e bebeu direto da garrafa, depois pegou uma garrafa de Pepto Bismol e engoliu um punhado de pílulas com o grosso líquido rosa.

— Havia indicações de algo fora do comum quando você examinou as vítimas?

— Eu não sei nada sobre a condição dos corpos, — disse Wilson para o vazio.

— Mas você mesmo preencheu os relatórios como médico legista. Você transportou o corpo de Madsen para a Casa Funerária de Whitaker. E tenho certeza de que um pouco de investigação vai mostrar que você enviou o corpo de Carol Stone para lá também.

— Talvez, — disse Wilson em voz baixa, enquanto botava a mão de volta na gaveta. — Mas estou lhe dizendo, Sr. Lerner, que não examinei de maneira alguma os *corpos* de Carol Stone ou Madsen Cassaise, — ele sustentou.

— "Não examinou os corpos"? O que diabos isso significa? — Sam fez uma pausa enquanto tentava ler o rosto do legista. — Você quer dizer que os corpos das vítimas nunca estiveram aqui?

Wilson ficou vermelho e deu de ombros.

Sam foi pego de surpresa. — Os corpos de Madsen Cassaise e Carol Stone nunca foram examinados pelo seu laboratório? — Sam tentou ler o rosto de Wilson enquanto o homem tomava outro gole da garrafa.

— Pessoas cometem erros. Você não pode simplesmente deixar isso para lá?

— Erros? O corpo de Madsen não estava em seu próprio túmulo.

E, de acordo com minhas fontes, Carol Stone pode nem ter um túmulo. Isso é coincidência demais para ser um erro.

— Talvez.

— Você as examinou ou não?

— Acho que não.

— Mas que porra é essa? — Sam cuspiu. — Você está sendo pago para dizer que examinou corpos que nunca foram trazidos ao seu laboratório?

— Eu disse que não sei tanto quanto você pensa.

— Jesus, Wilson, então você nem sabe se elas estavam mortas? Elas podem ter sido enterradas vivas, pelo amor de Deus, ou usadas para algum tipo de ritual bizarro!

Wilson estremeceu e abaixou a cabeça. Suas mãos agora tremiam incontrolavelmente. — Não sei como tudo aconteceu, senhor Lerner. Eu realmente não sei. Eu já fui um homem decente. — Depois de tomar outro gole de uísque, ele colocou a garrafa de volta na gaveta. Quando ele retirou a mão, ele estava segurando uma pistola. Ele apoiou um cotovelo na mesa e apontou a arma diretamente para Sam.

Sam imediatamente se jogou no chão e se escondeu debaixo da mesa. No instante em que sua cadeira caiu nos ladrilhos sujos atrás dele, ele ouviu o clique da arma de Wilson sendo engatilhada.

Sam investiu contra as pernas de Wilson debaixo da mesa. — Largue isso, Wilson, — ele gritou enquanto tentava arrancar o legista da cadeira. Antes que Sam pudesse agarrar firme Wilson, houve uma explosão de tiros seguida pelo som de vidro quebrado. Sam apoiou as pernas e usou os dois braços para empurrar Wilson para longe dele. Quando a cadeira girou para trás em suas rodas, Sam se levantou de debaixo da mesa e se jogou por sobre a mesa na direção de Wilson. A cadeira tombou com o peso dos dois homens. Quando atingiram o chão, Wilson estava imóvel, a arma ainda segura na mão amarelada.

Sam olhou para o buraco que marcava a cabeça de Wilson como um terceiro olho. A ferida auto infligida escorria sangue, drenando o que restava de vida dos olhos vazios que estavam fixos na luz fluorescente acima.

Depois de sentir o pulso, Sam baixou o braço sem vida suavemente de volta ao chão. Ele pegou o telefone e começou a discar, mas depois de um momento, ele o colocou de volta no gancho e saiu.

O suicídio era evidente, e o legista Wilson seria encontrado em breve. Declarar a causa de morte de um médico legista de alguma forma parecia redundante. Uma coisa era certa, Sam imaginou, Wilson não precisaria de muito fluído de embalsamamento. Seu corpo era fluido o suficiente para ser colocado na torneira.

Sam estava mais preocupado com as duas meninas mortas. Onde estavam os corpos e exatamente para que estavam sendo usados?

25

Ramona nervosamente enfiou os dedos sob a peruca loira para coçar o couro cabeludo. Enquanto estava debruçada sobre uma mesa em Tujagues, ela mantinha um olhar constante na porta da frente. O sol estava baixo no céu, projetando longas sombras na Rua Decatur e distorcendo os rostos de cada pessoa que passava pela janela da frente. Ela limpou as mãos úmidas em um guardanapo e olhou ao redor do restaurante. Quando ela viu o homem idoso mancando em sua direção, ela assentiu e estendeu a mão.

— O garçom disse que você queria me ver, — ele sorriu.

— Sou amiga de Sam Lerner. Ele me falou de você.

— Sam é como meu próprio filho. O que posso fazer por você, querida? — Antoine sinalizou para um garçom trazer um menu.

— Não vou comer, estou com pouco dinheiro, — desculpou-se Ramona.

— Você é amiga de Sam, então pagará quando puder, — insistiu Antoine.

— Eu preciso falar com o Sam. Pensei que você pudesse saber onde ele está.

— Se eu soubesse, receio que não poderia dizer. Tenho certeza de que você entende.

— Bom, eu estava ficando na casa dele, e tive que sair às pressas. Queria que ele soubesse que estou bem.

— Ah, você deve ser Ramona. Bem, isso muda tudo. Ele me mandou para a casa dele para procurá-la, mas eu não te encontrei. Ele está com Maire no clube. Você gostaria que eu te levasse até lá?

— Não, obrigada, eu não posso ir lá. — Ramona ajustou a peruca e olhou de volta para a rua. De repente, viu um homem esgueirando-se perto da porta de uma loja vários números abaixo do lado oposto da rua. Ela tinha certeza de que ele não estava lá quando ela chegou. — Você pode passar uma mensagem para Sam? Uma bem confidencial? — perguntou ela.

— Claro.

— Você precisa avisá-lo. Diga a ele que o cara que estava me seguindo apareceu na casa dele em Chalmette. Ele estava em pé nas árvores na beira da floresta, apenas observando o lugar. O cara tem estatura média, tipo musculoso, com cabelos escuros. E diga a ele que captei algumas fofocas das ruas. O amigo de Sam, Leon Duval, estava pedindo sexo oral de Charlie Biscay em troca do dinheiro que Charlie precisava para o aluguel e outras coisas. Pensei que Sam pudesse estar interessado em saber disso.

Antoine ergueu as sobrancelhas e soltou um longo assobio.

— Diga a Sam que estou indo embora para sempre, — continuou Ramona. — Vou entrar em contato com ele quando chegar aonde estou indo.

— Tudo bem, Ramona, vou garantir que ele receba a mensagem, — disse Antoine enquanto o garçom trazia uma tigela de gumbo de frutos do mar. — Agora relaxe e coma alguma coisa.

Ramona olhou pela janela novamente. A pessoa nas sombras havia desaparecido. Mantendo o olhar fixo na rua, Ramona comeu devagar, saboreando cada mordida como se fosse sua última refeição.

26

Quando Ramona fechou a porta às pressas, viu o letreiro neon do Good Deal Inn refletido no armário de metal barato que segurava a televisão em seu quarto gasto. Várias letras da placa estavam queimadas, deixando apenas GO_D iluminado como um Deus que vigiava as almas solitárias que entravam no motel oprimido em busca de refúgio. A placa estava piscando irregularmente como um diamante gigante.

Ramona pegou sua mala e jogou de volta os poucos artigos que ela havia retirado. De pé na frente da penteadeira, ela notou o quão pálida e magra ela se tornara. Suas mãos haviam começado a tremer sem aviso prévio. Era hora de ela sair da cidade, e ela sabia que seria perigoso esperar mais.

Ramona estivera tentando localizar um velho amigo em Atlanta sem sucesso. O dinheiro que Sam Lerner lhe emprestara estava quase acabando e só cobriria a passagem do ônibus e talvez mais uma noite em um motel barato. Ela ficaria sem-teto até que o dinheiro da venda de seu pequeno investimento em ações caísse, mas Ramona já havia sido sem-teto.

Enquanto ela enfiava seus pertences restantes na mala, ela ouviu um movimento atrás dela. Ramona girou para ver se a fechadura da porta estava firmemente no lugar. De alguma forma, a tranca havia ficado um pouco torta. Tentando controlar seu pânico, ela prendeu a respiração e se moveu lentamente em direção à porta.

O som de uma respiração pesada registrou em seus ouvidos pouco antes de uma mão áspera envolver seu pescoço e apertar sua garganta. Antes que ela pudesse gritar, outra mão cobriu sua boca. Ela podia sentir o cheiro de fumaça de charuto enquanto os dedos esmagavam seus lábios contra os dentes.

— Olá, Ramona, — disse a voz por cima do seu ombro. — Se você fizer qualquer gracinha, eu vou te foder tanto que você vai me implorar para matá-la. Eu DISSE olá!

— Olá, Louis, — Ramona murmurou entre os dedos duros que ameaçavam esmagar seu rosto.

— Então você não sabia que era eu que estava te seguindo?

— Eu não te reconheci, — murmurou Ramona. — Você cortou o cabelo e engordou desde a última vez que te vi.

— Sim, eu andei malhando, — Louis rosnou enquanto violentamente empurrava Ramona para a cama. Ele se sentou ao lado dela e esfregou a mão ao longo de sua coxa. — Eu estava esperando por você. As janelas dos banheiros dos hotéis são bem convenientes, você não acha?

Louis pegou um charuto, mordeu a ponta e acendeu um fósforo. Depois de um longo trago, ele sorriu e soprou fumaça no rosto dela. — Então, como foi o jantar em Tujagues, amor?

— Foi bom, Louis. — A voz de Ramona falhou quando ela tentou empurrar as palavras de sua garganta machucada.

— Faz muito tempo, querida.

— Sim, faz muito tempo.

— Eu estive no seu local de trabalho algumas vezes. Mas achei melhor planejar minhas visitas nos seus dias de folga da prostituição. Não queria perder o elemento surpresa quando precisasse.

— Você fez bem, Louis. Você me enganou.

— Você ainda é um macaco peludo, — disse ele, acariciando seus braços. — E você parece meio magricela. Você era muito mais gostosa de se olhar quando trabalhava para mim em Slidell, lembra? — Ele deu um puxão forte nos pelos do braço dela. — Diga alguma coisa, porra!

— Eu acho que sim, Louis. Sinto muito por não estar tão bonita.

— Está tudo bem, querida, eu vou engordar você. Você ainda deve estar mamando no cachimbo de crack.

— Não, estou limpa. Estou limpa há muito tempo. E vou sair desse ramo.

— Claro que vai. Você está querendo voltar para casa para montar uma igreja para prostitutas? Tínhamos um ótimo negócio em Slidell, você e eu. Depois que você se mandou, fui a Baton Rouge e virei cafetão de Madsen e Celeste.

— Eu não sabia que você as conhecia.

— Você não sabe de nada. Elas sabiam que não deviam contar a ninguém que me conheciam. Enfim, eu "convenci" a Celeste a vir para cá para me ajudar com meu trampo atual. Foi muita sorte minha quando você e Madsen apareceram por aqui também.

— Então, onde está Madsen?

Louis sorriu e se inclinou perto da orelha de Ramona. — Isso não é da sua conta! Ela está com Carol Stone.

— Eu nunca ouvi falar dela.

— Ouviu, sim. Ela passou brevemente pela casa de Maire também. Ela se chamava Cara Spencer.

— Cara Spencer? Ela desapareceu! Você machucou ela e Madsen?

— Isso também não é da sua conta! — De repente, Louis deu um tapa forte no rosto de Ramona. Então, com uma mão, ele arrancou a peruca loira da cabeça dela. Ramona gritou ao sentir o cabelo preso sendo arrancado do couro cabeludo. Quando ela levantou as mãos para se defender do ataque, Louis puxou o braço para trás e enfiou o punho diretamente no estômago dela.

Ramona rolou da cama, segurando a barriga. Por vários momentos, a sala ficou escura antes que ela conseguisse respirar fundo por cima do vômito e do sangue em sua traqueia. Ela estava deitada no tapete úmido, machucada demais para se mover e exausta demais para tentar. Finalmente, o conteúdo de seu estômago voltou a subir. Ela se afastou do que estava acontecendo e ficou mole enquanto

Louis a empurrava de costas e segurava um charuto aceso sobre seu rosto.

— Você se esqueceu de muita coisa desde que me deixou, sua vadia de quinta. Você nunca me faz perguntas, entendeu? — Enquanto Louis segurava o charuto perto do rosto dela, ele sentiu a ereção pressionada contra o zíper. Quando ajustou as calças, ele aproveitou a sensação da própria mão contra o membro duro.

Ramona concordou com a cabeça enquanto observava inexpressivamente as cinzas do charuto caírem em seu rosto. Ela podia sentir o gosto das cinzas misturadas com seu sangue e bile.

— Ajeite seu rosto, amorzinho. Agora é hora da vingança. Você pode deixar suas merdas aqui. Não vai precisar de nada disso.

Ramona rolou para o lado novamente e ficou de joelhos. Ela rastejou mecanicamente em direção à cômoda, os cabelos compridos pendendo dos dois lados, como se a protegessem da feiura do ambiente. Quando ela pegou sua bolsa, o conteúdo caiu no chão, permitindo-lhe recuperar um batom. Depois que ela tirou a tampa com o polegar, ela levantou levemente o tubo em direção à boca. Ainda de joelhos, Ramona se equilibrou em uma mão enquanto aplicava o batom com a outra, esmagando-o contra os lábios. Ela lambeu a cera dos dentes antes de olhar para Louis em busca de aprovação.

— Você parece Milton Berle, — Louis uivou ironicamente. — Você é patética.

Ramona olhou de volta para o tapete. Ela queria pressionar a cabeça contra as fibras, fechar os olhos e permanecer imóvel para sempre. Ela sabia que se ela deixasse aquele quarto, nunca mais seria vista. Mas se ela ficasse, teria que estar disposta a lutar. De qualquer maneira, ela sabia que ia morrer.

Ramona olhou para uma guloseima para cachorro que estava caída no tapete, entre o conteúdo de sua bolsa. Ela tinha comprado o pedaço de couro cru para Beatrice. As lágrimas ardiam em seus olhos enquanto sua mente tentava se distanciar de seu terror avassalador.

Ramona imaginou-se deitada no sofá de Sam Lerner com a cadela enrolada em uma bola no chão ao lado dela. Ela podia ver o sorriso tímido de Sam enquanto ele caminhava pela sala até a varanda da frente. Ele parecia muito grande enquanto ficava parado na porta absorvendo a luz do sol. Ela acreditava que ele a protegeria. De alguma forma, ele a salvaria, não salvaria? Silenciosamente, ela implorou para que ele viesse.

Louis de repente colocou-a de pé e a arrastou para fora da porta na escuridão. Ramona tropeçou várias vezes enquanto se dirigiam para o carro de Louis. Enquanto ele abria a porta do carro, Ramona viu uma mulher observando-as da porta de um quarto adjacente. Nos recônditos de sua mente, lembrou-se de ter visto a mulher na casa de Maire. Ramona finalmente se lembrou: era a mãe de Madsen.

— Chame Sam Lerner! — Ramona conseguiu gritar antes de Louis bater com o punho em seu rim. Ela se dobrou de dor e, quando olhou para cima novamente, Renee Oleyant se fora.

Quando Louis empurrou Ramona para dentro do carro, ela fixou o olhar no letreiro neon que havia desistido de vez de vigiar o motel silencioso. Até o GO_D havia se apagado.

27

Sam estava sentado no degrau da varanda de Maire quando viu Renee Oleyant correndo pela rua Ursulines em sua direção. Ele ficou de pé quando ela se aproximou.

— Renee, eu pensei que você tivesse ido para casa!

— Por que eu faria isso? — ela perguntou sem fôlego. — Eu ainda não encontrei minha filha, Sr. Lerner.

— Eu sei. E realmente sinto muito. Ainda estou investigando o assunto. Você está bem?

— Bem, eu vim procurá-lo porque tenho algo urgente para contar. Vi um homem forçando uma das amigas de Madsen a entrar no carro dele no meu hotel. Estive te procurando desde então.

— Que amiga? Me conte o que aconteceu.

— Você sabe a garota com quem estava conversando naquele dia em que nos conhecemos? A morena com cabelos até os joelhos?

— Ramona?

— Sim, eu acredito que seja esse o nome dela. Ontem à noite ele a arrastou para fora do hotel onde eu estou hospedada. Ela parecia aterrorizada e foi espancada. Ele vai matá-la. Eu sei.

Sam sentou-se no balanço da varanda com um baque. — Você tem certeza de que era Ramona? — ele perguntou. — Meu amigo

Antoine, em Tujagues, deixou claro que ela passou lá na noite passada e que estava saindo da cidade.

— Ela conseguiu ajuda para sair. Ele não era apenas um desconhecido. Ele a conhecia.

— Você tem certeza?

— Tanta quanto eu tenho de que Madsen finalmente está morta. Sua Mammy Jem também acredita que sim.

— Jem? Como você conhece Jem?

— Fui enviada a ela. Você pode não acreditar nos sinais, Sr. Lerner, mas muitos de nós acreditam. Eu tinha que saber a verdade. Minha filha pode estar morta, mas eu quero o corpo dela de volta. Quero deitá-la para descansar adequadamente, e você é a única pessoa que pode encontrá-la. Traga-a de volta para mim. Por favor. E encontre Ramona também. Se você fosse um crente, você a ouviria pedindo sua ajuda.

Renee Oleyant virou-se abruptamente e voltou pela Ursulines. Sam sentiu-se completamente desequilibrado enquanto a observava se afastar, seus ombros curvados com o peso de sua dor. Ele tentou recuperar o fôlego, mas o ar no Big Easy parecia que já havia sido usado e descartado.

28

— Esse desenho parece bom, cara? — O garoto de cabelos de palha de aço amarela interrompeu os pensamentos de Sam enquanto ele estava no meio da Jackson Square, vendo o artista soprar carvão do retrato que acabara de esboçar. Sam assentiu, entregou ao garoto vinte dólares e estudou o desenho. O perfil do estranho que ele havia visto em Tujagues, e que provavelmente era o bastardo que o agredira, parecia ainda mais cruel quando detalhado em carvão. Sam cuidadosamente enrolou o desenho e se dirigiu para o carro, evitando vários mímicos e uma cartomante em uma roupa de cigana que era de parar o trânsito.

Joe havia ligado para ele de Los Angeles logo depois de ele ter saído do laboratório do legista. Ele dissera a Sam que finalmente conseguira nomes e descrições de três criminosos da Louisiana que usavam "Santo" como pseudônimo. Sam achara um ex-presidiário particularmente intrigante. Joe nomeara um cara chamado Louis Santos que tinha uma ficha criminal que deveria ter feito da liberdade condicional um crime.

Louis Santos tinha trinta e nove anos e se metera em problemas a vida toda. Ele forjara cheques, fora cafetão em muitas cidades, acumulara duas acusações de agressão com uma arma mortal e só havia se livrado de uma acusação de assassinato porque duas testemunhas importantes haviam desaparecido. E ele tinha negócios em Baton Rouge, onde Madsen estivera morando recentemente.

Embora Joe o tivesse enviado uma captura de tela das fotos dos criminosos, Sam havia pedido ao artista que fizesse um esboço a partir da sua própria descrição para que pudesse fazer uma comparação objetiva com as imagens que Joe estava enviando. Sam queria identificar positivamente Santos como o mesmo cara que estava atrás dele, por algum motivo que ainda não estava claro para Sam. Ele também pediu a Joe que enviasse as fotos por fax para um centro de cópias local, para poder vê-las ampliadas.

Com o desenho na mão, Sam entrou no carro de Maire e ligou o motor. Ele podia sentir o cheiro de Maire ao seu redor, deixando-o ansioso por estar de volta em sua cama. Maire era a única pessoa com quem ele podia contar, e, de repente, ele a queria mais do que nunca. Ele pensou nela enquanto dirigia os vários quarteirões até o centro de cópias.

Ao sair do carro, ele viu um Chevrolet Impala SS preto desaparecer em um beco ao norte da loja. Sam hesitou. Ele estava prestes a entrar quando viu o nariz do carro sair do beco e de repente parar.

Sam foi em direção ao beco, mas mudou de ideia. Sem sua arma, ele se sentia tão vulnerável quanto um garotinho em uma cela no corredor da morte. Em vez disso, ele se virou e entrou na loja.

Uma mulher de dreadlocks Rastafari pousou o sanduíche e caminhou até ele em câmera lenta. Ela se apoiou no balcão e esperou que ele dissesse o que queria. Seus olhos estavam dilatados, e seu foco mudava em torno da cabeça de Sam como se ela estivesse rastreando sua aura.

— Você recebeu um fax do departamento de polícia de Los Angeles? — Sam perguntou, mantendo o olhar na janela. A mulher acenou com a cabeça para o balcão.

Quando Sam olhou para baixo, Louis Santos olhava de volta para ele da página. Ele parecia mais magro do que era agora, mas tinha a mesma linha da mandíbula e a carranca de que Sam se lembrava. E seu perfil combinava com o esboço que o artista havia desenhado da descrição de Sam. Joe rabiscara na parte inferior da página: — Santos recentemente sumiu do radar depois que uma mulher não apareceu para testemunhar em uma acusação de estupro e sodomia. Ela foi brutalizada. Esse indivíduo incompreendido gosta de dispositivos sadomasoquistas e armas. E de peixe. Tome cuidado, amigo.

Sam pegou o telefone e discou enquanto fazia cópias da foto. — É Sam, — ele disse ao telefone quando Joe atendeu. — Eu recebi o seu fax. O que você quer dizer com a parte do peixe? Você quer dizer que ele coleciona peixes ou sai com eles?

— Bem, o babaca tarado provavelmente faz as duas coisas, mas ele é definitivamente um aficionado por coisas escamosas. Ele tinha sete aquários em seu apartamento da última vez em que foi preso. Sua senhoria reclamou das enguias mortas que encontrou no lixo.

— Obrigado, cara. Tive uma ideia. Te vejo depois.

Sam estendeu o dinheiro à funcionária, que estava estudando seu almoço como se fosse uma obra de arte. A mulher mordeu um pêssego e continuou a mastigar muito tempo depois de engolir. Ela parecia não ligar para o suco de pêssego que escorria pelo seu pulso, cobrindo sua tatuagem de Ziggy Marley.

Depois de um momento, Sam deixou a nota no balcão e foi em direção à porta. — Isso deve ser uma merda das boas. Cheire mais um pouco, garota, — ele falou por cima do ombro para a recepcionista, que estava ocupada demais se comunicando com o sanduíche dela para notar sua partida.

Quando Sam pulou no carro e se virou em direção ao aquário, ele pôde ver o Chevy Impala sair do beco e virar na mesma direção.

— Você fica na minha cola como um bobão apaixonado! — Sam disse em seu espelho retrovisor. — O que exatamente você está aprontando, Duval?

Durante a curta viagem de carro até o aquário, Sam ficou de olho em Duval, que mantinha uma distância de um quarteirão enquanto seguia Sam no que obviamente era um carro emprestado.

Depois de estacionar, Sam desceu e mostrou fotocópias de Louis Santos aos músicos de rua da região, enquanto conversava com cada um. Ele lançava olhares ocasionais para o Chevy, que havia deslizado entre dois caminhões estacionados na rua.

Quando voltou para o carro, Sam parou abruptamente para recuperar um objeto do chão. Quando olhou para cima, fez contato visual direto com Duval, que sorriu timidamente antes de dar um aceno educado.

— Apenas checando para ver quem estava dirigindo o carro de Maire, — Duval chamou inocentemente da janela do lado do motorista. — Eu pensei que poderia ter sido roubado. Você fique em segurança e fora de problemas. Lembre-se, você é uma pessoa de interesse. — Ele ligou o Chevy e enfiou a mão pela janela enquanto saía do estacionamento. Antes de contornar o meio-fio, Duval ergueu o dedo indicador e apontou-o para Sam.

Sam pegou o gesto. — É melhor isso significar "te vejo mais tarde", seu caipira de merda.

Quando Sam voltou ao carro, ele olhou para a foto de Louis Santos. Sam suspeitara corretamente que "O Santo", o sádico aficionado por peixes de Baton Rouge, provavelmente seria um visitante frequente do Aquário de Nova Orleans. Um músico do lado de fora do aquário havia dito a ele que um cara que combinava com o desenho do artista passava frequentemente por lá nos dias de semana à tarde.

Sam pegou a bituca de charuto Esplendido que ele havia recuperado do estacionamento e a estudou. Era apenas uma questão de tempo até que ele e Santos se encontrassem novamente. Talvez estivesse na hora de recuperar sua arma. Mas primeiro, ele precisava de Maire.

29

SAM TAMBORILAVA COM OS DEDOS NA CABECEIRA DA CAMA DE MAIRE enquanto olhava as sombras causadas pela luz da lua. Ele e Maire tinham desfrutado de um delicioso jantar no Muriel's, em St. Ann's, na Jackson Square. As costeletas de porco de lá eram as melhores que ele já tivera, mas ele ainda tinha um ou dois desejos. Ele queria beber novamente. A necessidade simplesmente não desaparecia, e os recentes presentes de cerveja e Cuervo de Duval apenas dificultavam sua luta.

Duval queria que ele ficasse bêbado?, pensou Sam. Bêbados são desleixados. Eles ignoram muitas coisas e suas informações não são consideradas confiáveis. Talvez fosse com isso que Duval estivesse contando. Sam podia ter retornado à cidade no meio de algo que havia ido longe demais para parar e, portanto, Duval tinha que lidar com seu velho amigo policial sem deixá-lo desconfiado. Seria Sam o osso que manteria o cachorro ocupado enquanto os meninos invadiam o ferro-velho? Se sim, o que Duval e seus homens estavam fazendo?

Sam estava refletindo sobre as motivações de Duval quando Maire entrou, iluminada pelo brilho rosado no corredor. Ele olhou para ela e afastou seus pensamentos sobre Duval e qualquer outra coisa que não envolvesse Maire.

— Maire, — ele sussurrou no escuro. — Você está realmente linda nessa coisa branca.

Maire riu baixinho. — É um sarongue, e obrigada, querido.

— Mais um golpe no meu crânio e eu não poderei expressar mais nenhuma palavra. — Sam passou o braço por cima de Maire quando ela se deitou na cama ao lado dele. O outro braço estava apoiado sobre a testa, impedindo a dor de cabeça que agora fazia parte constante de sua anatomia. Ele não usava nada além de um roupão de algodão enquanto tentava aliviar a tensão do dia. — Acho que Ramona está com problemas, — disse ele calmamente.

— Eu acho que você também está, querido, — disse ela enquanto esfregava suas têmporas. — Você está indo longe demais com isso. Ramona pode cuidar de si mesma. Ela é uma criança das ruas. Está na hora de você seguir em frente.

— Você está sempre me chutando da cama, — ele brincou. Ele podia sentir o calor de seu corpo quando ela se aproximou dele.

— Não desta vez. Eu só quero que você fique em segurança, — disse Maire suavemente enquanto roçava os lábios contra a orelha dele. — Decidi pegar o que eu quero antes de você ir. — Maire deitou a cabeça no peito nu de Sam e beijou sua pele úmida, enterrando o rosto nos cabelos escuros do seu peito.

Enquanto Sam segurava Maire perto dele, ele respirou fundo. Ele podia sentir-se ficando mais duro ao mesmo tempo em que lutava contra o desejo de fugir. — Eu realmente quero você, Maire, — ele sussurrou, — mas não sei se posso lidar com isso, e você tem que saber que não pretendo ficar.

— Eu sei, mas eu vou ficar bem. Deixe-me ajudá-lo a esquecer tudo o que aconteceu, Sam.

Ele sabia o que ela queria dizer. Não era a Madsen, nem a Ramona, nem ao recente ataque a que ela estava se referindo. Maire queria preencher o espaço vazio deixado pelas perdas em sua vida. E Sam descobrira que espaços vazios podiam ser muito pesados.

Por um breve momento, Sam pensou em Ramona e Madsen

novamente. Ele se sentia culpado por ter necessidades humanas, enquanto outras pessoas dependiam dele. Ele sabia que tinha que encontrá-las. Mas primeiro ele tinha que se encontrar.

Sam sorriu para Maire. — Tenho medo de que minha cabeça vá cair dos ombros.

— Estou interessada em outras partes. Eu posso viver isso, — disse ela, sorrindo de volta.

Quando Maire moveu a boca para baixo, do peito até o estômago liso e duro de Sam, seus músculos se flexionaram ao seu toque. De repente, ele percebeu que todos os anos em que se conheceram estiveram levando a esse momento. Eles sempre estiveram lutando contra isso, parcialmente para proteger a amizade deles, e principalmente porque ambos sentiam que sua hora não havia chegado.

Agora era a hora deles, e ambos sabiam disso. Ele estava na cama dela porque não tinha mais para onde ir. E nenhum outro lugar onde ele queria estar. Sam sempre soube que Maire poderia curá-lo ou destruí-lo. E agora ele precisava de cura. Ele não tinha mais nada a perder.

Com uma mão, Maire afastou o roupão. O corpo de Sam foi de encontro a ela enquanto ela lambia a pele dele logo acima da pélvis. Ele podia sentir a respiração dela em suas coxas enquanto ela se movia cada vez mais para baixo. Seu corpo estremeceu. Sam cedeu lentamente, afundando ainda mais nos lençóis.

Ele soltou um gemido baixo quando a língua de Maire o despertou ainda mais. Ele sentia como se todo o seu ser estivesse centrado em seu membro pulsante. Ele queria mais, queria tanto que tinha medo de respirar. Então Sam fechou os olhos enquanto a boca quente de Maire o envolvia, levando-o a lugares que ele havia esquecido há muito tempo.

30

DUVAL ESTAVA SENTADO NO CARRO, OBSERVANDO AS DOCAS. ELE refletia sobre seus erros recentes, mas sabia que poderia encobrir seus deslizes como sempre fazia quando calculava mal. Ele só precisava se assegurar de manter Sam sob controle.

Não tinha sido muito difícil rastrear o paradeiro recente de seu velho amigo. Ele vira o cão de Sam andando por ali quando ele passara na casa de Maire para uma pequena troca de dinheiro. Duval também sabia que Ramona Slocum estava escondida na fazenda de Sam em Chalmette. O que ele subestimara fora o tesão contínuo de Sam por Maire. Ele imaginara que Sam já tinha seguido em frente, até perceber que Sam estava se apegando a um passado que era muito mais despreocupado do que a merda pela qual ele havia passado em LA. *Eu concordo com você nessa, amigo*, ele pensou. Mas talvez isso fosse uma coisa boa, no fim das contas. Ele poderia usar Sam para se proteger.

Duval por pouco não havia encontrado com Sam na casa de Charlie, no lago. Ele tinha suspeitado que Sam iria para lá em busca do amigo, e Duval queria ter certeza de que Charlie não deixaria escapar nenhum segredo. Duval tinha deixado revelações pessoais escaparem perto de Charlie, e a velha rainha intrometida sempre fazia perguntas demais. Infelizmente, Duval chegara tarde demais para saber se Charlie contara algo, ou mesmo para se despedir. Ele com certeza sentiria falta do seu velho amigo colorido.

Por um lado, Duval estava aliviado por Charlie estar morto. Charlie havia começado a apodrecer na frente dele, e a dor física do pobre coitado era assustadora de testemunhar. Com sorte, Charlie levara suas memórias para o túmulo com ele, particularmente as de trocar com Duval boquetes por dinheiro de aluguel e remédios. Ele ficaria humilhado se Sam descobrisse. Mas Duval sentiria falta de Charlie. Charlie fora uma das poucas pessoas que conseguiram fazê-lo rir depois que ele e Linny se separaram.

Ao deixar a fazenda de Charlie, ele parou no mercado da baía. Jeb, o velho intrometido que comandava o local, disse que ouvira Sam no telefone conversando com alguém sobre o Cat's Blues Heaven. Essa parecia uma escolha estranha de lugar para visitar agora que Sam estava de volta à ativa. O que Sam estava fazendo, ele se perguntou?

— Pedi para você me ajudar, Sammy, — ele murmurou alto —, mas não vou deixar você roubar os holofotes. Agora você está apenas me atrapalhando.

31

As orações de Ramona haviam se tornado um encantamento silencioso. — Por favor, Deus, deixe-me morrer agora, — ela implorava. A mordaça oleosa em sua boca permitia que pouco ar passasse, dando-lhe a esperança de que ela pudesse sufocar. Qualquer coisa seria melhor do que o que Louis Santos dissera que havia planejado para ela.

Com as mãos e os pés firmemente amarrados, Ramona não tinha esperança de escapar. E ela estava com medo de abrir os olhos novamente. A última vez que ela olhara pela janela do carro, vira Louis parado perto da doca conversando com um homem cujo rosto lembrava um desenho que ela havia feito do diabo aos quatro anos de idade. Ao luar, sua pele parecia ter derretido no fogo do inferno.

Com uma última esperança de sobrevivência, Ramona forçou seus olhos a se abrirem novamente. Louis e o homem com o rosto cheio de cicatrizes estavam de pé sobre uma caixa caída no chão, com o topo aberto como uma boca grande esperando para ser alimentada. Ramona sabia que ela seria sua refeição.

Ramona gritou em sua mordaça. Enquanto ela lutava mais uma vez para libertar as mãos, um rosto apareceu de repente sobre ela. Ela gritou ao ver a aparição pálida, mas quando reconheceu o rosto, ficou quieta, confortada pela imagem loira e familiar de Celeste, que a olhava sem expressão pela janela do carro. Quando a cabeça de Ramona caiu como uma marionete contra o assento, ela chorou de alívio.

Celeste, no entanto, não fez nenhuma tentativa de libertá-la. Em vez disso, deu as costas a Ramona e chamou o nome de Louis.

— Não, — Ramona gritou no pano imundo que restringia sua mandíbula. Ela acreditava que não haveria esperança de fuga se Louis visse Celeste antes que ela pudesse libertar Ramona. Quando seu captor se virou para apertar os olhos na direção da voz, Ramona tremeu de terror. Celeste, no entanto, não recuou.

— Você achou que poderia me cortar do nosso acordo, seu idiota? — ela sussurrou ameaçadoramente. — Depois de toda a merda pela qual você me fez passar?

— Calma, Celeste...

— Cala a boca! — Celeste ordenou quando Louis se aproximou lentamente. Ramona pressionou as costas ainda mais no assento, confusa com o estranho poder que Celeste parecia ter sobre o homem. Louis se aproximava devagar, com as mãos erguidas para transmitir um comportamento não ameaçador. Antes de Louis chegar a Celeste, o outro homem com o rosto do diabo virou-se e correu, desaparecendo atrás dos barris de óleo que ladeavam o cais.

Celeste levantou lentamente o braço. O luar refletia de um objeto de metal em sua mão. — Você está perto o suficiente para eu personalizar seu cérebro distorcido, — Celeste riu ironicamente. — Gosto de coragem em um homem. Mesmo em um morto feio e miserável.

— Você não quis dizer isso, amor...

— Eu não disse para você calar a boca? Sou eu que estou falando agora, seu idiota! Eu fiz a minha parte. Você sabia quais garotas não tinham família, e você conseguia um relatório exato do paradeiro delas para que pudesse seguir com seu pequeno esquema doentio. Agora eu quero o que eu mereço.

— Sua vadia burra, você não merece nada! — Louis perdeu a paciência. — Madsen *tem* família, Celeste. Ela tem uma mãe que quase estragou todo o esquema!

— Isso não foi minha culpa. Madsen mentiu sobre não ter uma família que pudesse vir procurá-la. Eu te contei sobre Carol Stone, não contei? Foi você quem estragou tudo com ela, Louis. Você deveria drogá-las por tempo o suficiente para transportá-las, e não matá-las. Você não consegue fazer nada direito?

— Eu vou fazer direito com essa, meu amor, — ele disse esticando o lábio inferior em um pseudo-beicinho enquanto acenava em direção ao carro.

Ramona balançou a cabeça violentamente enquanto Louis dava mais um passo.

— Já chega, garotão, — alertou Celeste. — Eu sei que você recebeu uma quantia alta de entrada. Me dê minha parte agora, e eu vou embora. Podemos fingir que nada disso aconteceu. Você pega Ramona e eu vou embora sem falar.

Celeste virou-se para olhar para Ramona. Ela quase sentia pena da garota em cativeiro que gritava silenciosamente por detrás da mordaça imunda. Os olhos de Ramona encontraram os dela, e então ela de repente se encolheu.

Celeste viu o reflexo de Louis na janela do carro no momento em que ele se jogou nela por trás.

32

Louis Santos observava as mulheres à distância enquanto elas dançavam em uma clareira nas profundezas de Black Bayou, perto de Houma. Enquanto andava entre os ciprestes carregados de musgo, ele ficara hipnotizado pelo fogo no centro do círculo. As chamas saltavam para cima para lamber o céu, espalhando faíscas na brisa como milhares de vaga-lumes. O coração de Louis batia mais rápido enquanto seus sentimentos alternavam entre atração hipnótica e um vago senso de ameaça.

O som dos tambores que batiam em seus ouvidos era acompanhado por vozes ronronadas e gritos de êxtase. Jovens iniciadas em vestidos de algodão branco, sandálias gastas e lenços retorcidos dançavam em círculo e gritavam repetidamente enquanto se comunicavam com os espíritos. Suas vozes, saturadas pelo ar úmido do lago, pairavam sobre o pântano próximo antes de desaparecer na noite.

Lentamente, o fervor da cerimônia de vodu aumentou e um frenesi se espalhou pela multidão. Uma garota desmaiou, como se estivesse esgotada de toda a vida. Ela caiu para trás em braços estendidos enquanto outras se moviam para tomar seu lugar.

A sacerdotisa ergueu o rosto em direção à lua coberta pelo nevoeiro e profetizou com uma voz aguda e quase desumana. Louis se aproximou silenciosamente para ter uma visão melhor. Ele sorriu e lambeu os lábios em antecipação ao que estava por vir.

O chão reverberou com o bater dos pés. Quando a música alcançou um crescendo, a sacerdotisa enfiou a mão em uma gaiola e puxou uma galinha. Ela esticou a cabeça do pássaro para longe do pescoço e segurou-a sobre a cabeça enquanto dançava. Depois de passar o pássaro pela testa encharcada de suor, ela pegou uma faca do fogo. Com um movimento rápido, ela cortou o pescoço da galinha.

Enquanto a multidão ofegava, a sacerdotisa mordeu a carne do pássaro. Ela apertou a carcaça, aumentando o fluxo de sangue, e depois jogou a galinha sobre a cabeça, borrifando a multidão com o sangue da galinha. Os dançarinos estavam agora girando sobre o fogo, seus movimentos cada vez mais espásticos e sexuais enquanto se dirigiam a um estado de êxtase.

Louis assistiu através dos olhos turvos e injetados de sangue de uma variedade de drogas que alteram a mente. O suor escorria por suas costas, mas a onda familiar de desejo o fez estremecer. Lentamente, ele se recostou e tomou seu membro ereto em sua mão. À medida que sua respiração aumentava, também aumentava sua frustração por não conseguir chegar ao orgasmo. Ele se moveu com mais vigor e gemeu alto quando as mulheres pressionaram seus corpos úmidos umas contra a outras. Gradualmente, o corpo febril e a mente fraturada de Louis se tornaram um, e seu poder parecia ilimitado.

Louis foi despertado com um pulo pelo aperto de uma mão firme em seu ombro e a pontada aguda de um polegar cavando suas costas. — Você vai pôr esse seu pau de volta dentro das calças agora, — ordenou a mulher, em uma voz com um pesado sotaque francês —, ou não fazemos negócios.

Louis xingou baixinho ao sentir sua ereção diminuir rapidamente. Depois de um momento, ele limpou a boca com as costas da mão. Então, com um sorriso perverso, ele se demorou a enfiar-se de volta nas calças para garantir que ela pudesse avaliar sua masculinidade.

— Ora, ora, Micheline, — ele disse em uma voz arrastada —, você trouxe meus suprimentos? — Ele esfregou a virilha, recostou-se na árvore e fixou o olhar no turbante dela, ficando encantado com as cores vivas que giravam como uma lâmpada de lava antes de recuar para a noite.

— Você olha para mim, — exigiu Micheline, na tentativa de direcionar seu foco. — Ouvi dizer que você era descuidado, — ela sussurrou. — Você foi avisado de que a tetrodotoxina do baiacu é mais letal que o cianeto. E agora, ouvi dizer que alguém morreu, não é?

Louis encolheu os ombros. — Talvez, — ele zombou —, então qual é o problema de morrer uma prostituta ou duas?

— Não quero fazer parte desse negócio.

— Relaxa. Acho que vou acertar a dose com a próxima. Mas agora eu preciso de um novo suprimento.

— O risco de contribuir para a sua "profissão" é muito alto. Você traz energia escura.

— Ah, mas é por isso que seu pagamento é grande.

— Então eu assumo que minha recompensa será maior desta vez?

— Nós já estabelecemos um preço, — Louis retrucou.

— O preço mudou desde que o seu capitão cúmplice esteve aqui.

Louis aproximou o rosto do de Micheline. — Ah é? O que aquela aberração do Faustin queria com uma especialista em zumbis como você?

— Tratamento para as queimaduras faciais que você lhe deu, — disse Micheline, encontrando seu olhar. — Ele me contou que você estragou sua última "remessa" e disse que ouviu dizer que um homem chamado Sam Lerner está interessado em suas transações.

— Lerner não é ninguém.

— Você não sabe de nada, senhor Santos. Sam Lerner é um policial com uma reputação, mesmo aqui embaixo. Ele era uma estrela do futebol em Tulane. Ele conhece pessoas e pode convencer as pessoas a conversar. Sua Mammy era uma alta sacerdotisa no Haiti. Se alguém me vir com você, pode acabar chegando nele. Esse novo conjunto de circunstâncias aumenta meu risco e, portanto, meu preço.

— Sam Lerner já passou do auge; e eu coloquei o medo de Louis

Santos nele. Se ele não sair da cidade em breve, ficará pior do que Faustin. Como é a velha expressão: "Combata fogo com fogo"?

Louis de repente acendeu o isqueiro e o empurrou na direção de Micheline. Ela ofegou e recuou, segurando as mãos para proteger o rosto. Louis riu e depois apagou a chama. — Então você vai receber apenas a quantidade de dinheiro que discutimos, — disse ele ameaçadoramente, enquanto tirava um rolo de notas do bolso. — Você tem mais alguma reclamação?

Micheline olhou para o maço de dinheiro. Sem contar, ela pegou as notas e as colocou na cintura. — Vou ter outro suprimento pronto amanhã à noite. Lembre-se, use uma mistura de cânfora e amônia para despertar a vítima da maneira que eu lhe disse. Seja preciso com este medicamento. E não volte aqui depois que eu entregar o resto! — Ela lhe lançou um olhar sombrio antes de se virar.

— É melhor você entregar! E foi bom fazer negócios com você, — provocou Louis. Enquanto ela se movia silenciosamente em direção às outras dançarinas de vodu, a batida do tambor ficou alta novamente.

Louis assistiu um pouco mais. Ele olhou em volta para se certificar de que não estava sendo seguido antes de se afastar. Micheline olhou para trás e viu apenas uma mancha preta desaparecendo entre as sombras do albufeira.

33

Sam estava sentado no estacionamento do aquário, com medo de que o tempo estivesse se esgotando. Ele tinha que encontrar Santos. Ninguém tivera notícias de Ramona por dois dias. Ele pedira a seu amigo Joe que localizasse a irmã de Ramona em Atlanta para ele. Segundo a irmã, Ramona nunca havia chegado lá. Santos havia levado Ramona do motel, mas ela ainda estaria viva, ele se perguntava?

Sam agora estava envolvido na solução do desaparecimento de Madsen, gostasse ou não. E Ramona era a próxima vítima. Ele precisava de ajuda, mas não do tipo que estava recebendo de Duval. Duval o atraíra para isso, mas ele estava colocando barreiras para ele em todo lugar. Ele suspeitava que Duval não dava a mínima para algumas garotas de programa desaparecidas. Mas se Sam pudesse ajudá-lo sem ficar com a glória, talvez Duval pudesse obter a promoção que queria. Também lhe ocorreu que Duval poderia ter algo a perder se a investigação fosse longe demais. No entanto, Duval esperaria que seu velho amigo fingisse que não vira nada, caso Sam tropeçasse em algo que poderia implicar Duval. O clientelismo era mais espesso nessas partes do que o musgo espanhol.

— Bingo, — disse Sam em voz alta quando finalmente viu Santos. — Agora eu te peguei, seu filho da puta.

Quando Santos passou por um violinista que passeava a caminho do estacionamento, Sam sorrateiramente deu um sinal de positivo ao músico. O músico assentiu e continuou a tocar. Sam então se sentou no banco do motorista e esperou que Santos saísse do estacionamento antes de ligar o carro e começar a segui-lo. Sam sabia que seu Chevy alugado era muito menos visível que a Shelby, mas ele permaneceu a uma distância segura.

— Desta vez, vamos fazer do meu jeito, amigo, — disse Sam enquanto se moviam ao longo da beira do rio. Depois de passarem pelas carruagens puxadas por cavalos que passavam pelas áreas turísticas, Santos aumentou a velocidade.

Eles passaram por Chalmette, na Rodovia St Bernard, e viraram para Meraux, onde Santos entrou em uma estrada de terra perto dos trilhos da ferrovia e se aproximou do rio. Sam passou por ele para não chamar a atenção, e então deu ré o mais rápido possível e voltou atrás. Ele seguiu a trilha de poeira até que a estrada chegou ao fim.

Quando viu Santos estacionar perto do que parecia ser um prédio abandonado entre os trilhos e o rio, Sam parou atrás de um grupo de árvores. De onde estava, Sam podia ver Santos se aproximar da entrada do prédio e espiar por cima do ombro antes de girar a chave e entrar.

Depois de alguns instantes, Sam saiu do veículo e deslizou pelas árvores, tomando o cuidado de ficar o mais fora de vista possível. Enquanto se arrastava pelo lado do pequeno prédio em ruínas, observou a pintura descascada nas grossas paredes de bloco de concreto. As janelas da estrutura eram opacas, muitas delas rachadas e manchadas com o tempo.

Sam tentou a porta lateral, mas o cadeado estava bem firme. Quando ele notou uma brecha no vidro quebrado de uma janela adjacente, ele usou a unha do polegar para puxar um pedaço do vidro em sua direção, tomando cuidado para que o resto da janela não cedesse. A rachadura aumentada permitiu um campo de visão estreito. Uma vez que ele ajustou os olhos, Sam conseguiu uma visão fraturada do que estava acontecendo dentro do espaço quase vazio.

No começo, Sam não viu nada além de uma sala surrada. Então Santos entrou em cena. Sam assistiu enquanto Santos empurrava uma caixa em forma de caixão para perto da porta de entrada e removia a tampa. A caixa parecia barata e áspera como a que Sam vira no rio na noite em que fora assaltado.

Santos então arrastou uma lona em direção à caixa. A lona estava parcialmente fora de vista, mas Sam podia ver que continha alguma coisa e estava coberta com fita adesiva. Tirando uma faca do bolso, Santos cortou a fita que a mantinha fechada. Quando a lona se abriu, Sam ficou surpreso. Uma perna se projetou para fora e atingiu o chão com uma finalidade chocante. Sam apertou os olhos até poder distinguir a tatuagem na panturrilha da mulher. Era uma flor de lis. Uma tristeza inexplicável tomou conta dele quando ele percebeu que o corpo sem vida pertencia a Celeste.

Santos retirou o relógio de Celeste e o enfiou no bolso. Sam tinha certeza de ter visto abutres sobrevoando carniça com mais respeito do que esse verme em forma de ser humano.

— Eu te disse que sou o chefe, Celeste. Você e eu tínhamos uma coisa boa, vadia, — Santos zombou. Sam teve um vislumbre de seu rosto enquanto Santos lutava para enfiar o corpo machucado de Celeste na caixa. A julgar pelo buraco acusador em sua testa e seus cabelos emaranhados de sangue, sua causa de morte havia sido uma ferida de bala. Mas seu corpo agredido obviamente tinha sido usado e abusado antes que a morte fosse gentil o suficiente para libertá-la.

Santos jogou a lona em cima dela e depois fechou a tampa. — Você realmente pensou que *você* poderia atirar em Louis Santos, sua vagabunda?

Sam estava pensando em seu próximo passo quando ouviu uma voz quase indistinguível. — Por favor, — alguém implorou. A voz era fraca e o terror nela era palpável. — Me deixe ir.

Assustado, Santos sacou uma arma e girou na direção da voz. Ele hesitou e depois abaixou a arma e falou com alguém fora da vista de

Sam. — Ah, então finalmente você acordou, é? Bom, vadia, você vai dormir de novo em breve.

— Por favor, — a voz implorou.

— Cale-se. Ou vou amordaçar essa sua boca grande de novo. Não preciso ficar ouvindo seus choramingos.

— Não, — ela chorou.

Sam finalmente distinguiu a voz. Era Ramona.

Sam estava pensando em seu próximo passo. Ele pensara que poderia pegar Santos, mas Santos ainda tinha a arma na mão. Ele podia ver que a porta do armazém estava trancada por dentro, então esperou ter a vantagem, que veio quando Santos colocou a arma na tampa do caixão de Celeste e pegou o celular.

Depois de uma pausa, Santos latiu ao telefone: — Ouça, demônio. Vou marcar uma caixa com um "x". A carga nessa é para ser despejada depois que você sair do porto. Essa é a carga morta. Como sempre, traga de volta a caixa. Eu vou precisar dela. Jogue onde você jogou aqueles outros corpos. E não confunda as caixas, seu imprestável. A outra caixa terá a remessa viva.

Santos tirou uma caneta do bolso do paletó e desenhou um "x" enquanto ouvia a pessoa do outro lado da ligação. De repente, ele chutou a caixa e gritou no telefone. — Como diabos eu deveria saber? Foi um erro simples. Elas *tem* que parecer mortas, idiota. É o preço de fazer negócios. Eu tenho que preparar a próxima hoje à noite. Vai funcionar desta vez. Ela ficará catatônica até sair do porto e estar a caminho de Cuba.

Sam ouviu Ramona gemer. Santos estendeu a mão e bateu nela com força. Sam mal conseguiu se conter quando ouviu o golpe doentio. Enquanto Santos estava de costas, Sam pegou um trapo velho do chão. Ele enrolou-o com força na mão para se proteger antes de puxar cuidadosamente um grande pedaço de vidro da janela, rezando para que ela não cedesse. Ele soltou o ar quando as peças restantes ficaram grudadas na moldura como dentes de tubarão.

Santos perdeu a paciência e cuspiu mais ordens ao seu capacho. — Ouça! Ela será como um zumbi. Então, depois de encontrar nossa conexão e abrir a caixa, administre as coisas que eu lhe dei do jeito que eu mandei e a puta vai começar a acordar quando você estiver fora do porto. Micheline diz que você tem algumas horas, e ela sabe dessas coisas. Sem problemas com barulho ou fugas no meio do caminho, como com as nossas mercadorias do passado. "Por quê"? "Por quê"? Porque eu sou a porra do cérebro dessa operação e você trabalha para mim! Só chegue aqui mais cedo para que possamos levar nossa mercadoria a tempo. Há muito dinheiro nisso para nós!

Santos enfiou o telefone no bolso, pegou sua arma e foi em direção à porta. — Volto em breve, — disse ele, olhando para trás na direção de Ramona. — Então você poderá tirar uma longa soneca em um caixão muito bonito. — Sua risada ameaçadora ecoou pelas paredes de concreto quando ele abriu a porta.

Sam estava pronto. Quando Santos retirou a chave e se inclinou para trancar a porta do armazém atrás dele, Sam correu em sua direção. Santos, ainda segurando a arma, virou-se quando Sam alcançou a porta. Com os instintos de uma serpente, Santos ergueu a arma.

Sam sabia que teria que matar Santos ou morrer. Ele escolheu viver. Com um golpe limpo, ele jogou longe a arma na mão do homem corpulento e depois enterrou o fragmento de vidro em seu pescoço grosso. O pescoço pareceu explodir, banhando os dois em uma explosão de sangue. Sam olhou para Santos, que o encarava em choque. — Morra, seu filho da puta, — ele murmurou.

Ele pegou a arma de Santos e empurrou o moribundo para longe da entrada. Com a arma na mão, ele forçou a porta e entrou no inferno.

34

Ramona tinha desmaiado, a cabeça inclinada desajeitadamente para um lado. Sam procurou seu pulso antes de puxar cuidadosamente a fita da sua boca. O caixão de Celeste estava próximo, então ele instintivamente afastou a tampa e estendeu a mão. Pressionando os dedos no pescoço dela, sentiu apenas a quietude da morte.

Ele examinou o interior da sala. As paredes estavam cobertas com uma película de sujeira e óleo; e o cheiro penetrante de peixe era doentio. Várias cadeiras desgastadas estavam encostadas na parede, como se recusassem a contemplar a feiura do ambiente. Havia vestígios de sangue no chão, juntamente com uma coleção de detritos, cordas e cordões sangrentos. Rolos de fita adesiva e panos manchados de sangue estavam empilhados perto da porta.

Uma pia manchada, um armário e a privada estavam instalados em um canto, sem divisória. — Vou pegar um pouco de água, — disse ele, voltando-se para Ramona, que ainda não respondia. Vários ratos se espalharam ao som de sua voz. Foi então que ele viu outro caixão tosco no canto oposto.

Sam se aproximou lentamente, temendo o que poderia encontrar lá dentro. O topo do caixote ainda não havia sido lacrado, então ele foi capaz de abrir a tampa com as mãos. Ele deu um suspiro de alívio quando viu que o caixote estava vazio. Foi então que ele notou o interior da tampa. Fora arranhado várias vezes. Os arranhões não eram profundos, mas ele podia ver manchas de prata embutidas em vários sulcos na madeira, junto com pedaços de sangue e carne secos, e vestígios de uma substância perfumada e cerosa. Uma onda de náusea tomou conta do estômago de Sam enquanto ele passava os dedos pelas marcas que eram uma última mensagem para qualquer um que pudesse ouvir. Mas ninguém tinha ouvido. Por instinto, ele sabia que a prata era de um colar. — Madsen, — ele sussurrou, — me perdoe por ter chegado atrasado, minha amiga.

Sam olhou para o telefone. Sem sinal. Porra de AT&T. Ele sabia que tinha que reviver Ramona e tirá-la de lá antes que ele pudesse dirigir para um local mais otimizado para sinais de celular. — Espere só um pouco, Ramona, — ele gritou. — Está tudo acabado. Você está segura agora.

Sam correu para a pia no canto para procurar um recipiente para pôr água. Ele ficou revoltado quando viu uma pilha de fotos na pia, cada uma exibindo a imagem de uma jovem nua, amarrada e amordaçada. Quantas vítimas houvera? Quando ele abriu o armário embaixo da pia, os detalhes dos crimes doentios de Santos começaram a se unir.

A primeira coisa que viu foram as seringas sujas e os tubos intravenosos. Ele levantou um frasco vazio e leu o rótulo. Propofol, um poderoso medicamento usado para anestesia. Então era assim que o bastardo as mantinha quietas até que ele estivesse pronto para enviar sua "mercadoria".

O que ele tirou do armário em seguida o surpreendeu. Um frasco muito pequeno de líquido estava marcado com uma letra tão miúda que ele precisou apertar os olhos para lê-lo. Tetrodotoxina. Como pescador, ele reconheceu a palavra. A tetrodotoxina era um veneno letal encontrado em baiacus. Ele sabia que algumas pessoas em países como o Brasil ainda comiam o peixe, apostando suas vidas na limpeza e extração adequadas do veneno. O envenenamento agudo com a neurotoxina causava o desligamento de órgãos e da respiração, e foi relatado que as vítimas entravam em estados catatônicos antes da morte quase inevitável. Supostamente, algumas pessoas sobreviviam quando tratadas a tempo e quando a assistência respiratória era dada quase imediatamente. Mas muito poucas.

Sam ouvira rumores de que a neurotoxina era usada por praticantes de vodu proibido em rituais arcaicos, que davam um péssimo nome àqueles que honravam as tradições do culto aos ancestrais e costumes espirituais africanos. Ele suspeitava que o veneno tinha vindo de um dos poucos grupos restantes que praticavam magia sombria. E não poderia ficar muito mais sombrio do que isso.

Sam rapidamente conectou os pontos. Santos e seus capangas estavam traficando seres humanos. O plano bruto deles era mantê-las drogadas e presas em caixas até que estivessem prontas para o embarque, e depois administrar a tetrodotoxina para torná-las catatônicas até que estivessem em segurança e com menos probabilidade de serem descobertos. Se as caixas semelhantes a caixões fossem inspecionadas aleatoriamente, as vítimas pareceriam realmente mortas, pois a respiração e a pulsação seriam quase indetectáveis.

— Um pequeno probleminha, seu pedaço de merda humana, — Sam murmurou em voz alta —, a chance de sobrevivência delas seria mínima, na melhor das hipóteses. Alguém lhe vendeu uma mentira junto com a tetro, e você caiu como um pato.

Santos tinha estragado tudo. Sam agora sabia que Madsen estava morta e que seu corpo havia sido jogado fora, provavelmente em algum lugar no mar, e que provavelmente Carol Stone havia encontrado o mesmo destino. Talvez a morte tivesse permitido que elas escapassem de um destino ainda pior que as esperava no ponto de destino, mas Sam, no entanto, sentia uma tristeza esmagadora. — Droga, — ele gritou enquanto lutava contra o desejo de bater com o punho na parede.

Sam rapidamente enxaguou uma garrafa de refrigerante vazia e a encheu de água para Ramona. De repente, um tiro de adrenalina subiu por sua espinha quando seus sentidos o alertaram para a presença de um predador. Antes que ele pudesse puxar a arma e se virar, um golpe violento se chocou contra a parte de trás de sua cabeça. Um som oco registrou em seu cérebro, e então a sala ficou escura.

35

Uma pressão dolorosa esmagava o crânio de Sam. Quando ele tentou levantar o braço para esfregar a têmpora, ele não conseguiu se mover. Depois que ele conseguiu se forçar a abrir os olhos, ele teve que piscar várias vezes para focar. A luz na sala era baixa, mas Sam rapidamente determinou que estava confinado a uma cadeira. Cada um de seus pulsos estava preso aos braços da cadeira e cada tornozelo estava preso às pernas da mesma maneira. Ele não conseguia se lembrar de onde estava ou como chegara lá até ouvir uma voz familiar infiltrar-se pela rede de confusão em seu cérebro.

— Sinto muito pelas amarras, Sammy, — disse a voz. — Eu te fiz um favor e não te amordacei, porque não há ninguém por aqui pra te ouvir de qualquer maneira. Vou pegar um pouco de água.

Sam virou a cabeça, um movimento que enviou uma dor lancinante pelo pescoço e pela omoplata. Quando ele viu uma mulher amarrada a outra cadeira, os detalhes da sua localização e das circunstâncias fizeram o caminho de volta à sua consciência. Ramona ainda estava caída, mas ela parecia estar respirando. — Ela está bem, — a voz disse atrás dele. — Apenas descansando por enquanto.

Enquanto Sam tentava se mover, a cadeira instável balançou um pouco, mas o segurou com força. — Que porra é essa, — ele murmurou. Quando uma mão grande empurrou uma garrafa de água na frente dele, Sam olhou para cima. Uma careta de remorso estava gravada no rosto de Leon Duval.

— Droga, me desculpe, meu chapa, — ele se desculpou. — Eu não deveria ter te arrastado pra isso, mas pensei que você poderia apaziguar a mulher Oleyant quando ela apareceu do nada. Eu sabia que você faria sua própria investigação independentemente do que eu fizesse, então pensei que seria melhor se eu pudesse apenas ficar de olho em você.

Duval acenou com a cabeça em direção a um canto onde o cadáver sangrento de Santos estava amontoado. — Eu o arrastei pra dentro porque, bom, porque ele não era um bom encosto de porta. Ele deveria te seguir, não usar seu crânio como uma pinhata. Que idiota.

Duval balançou a cabeça em frustração. — Sabe, meu chapa, eu poderia ter focado a investigação em você, visto que você foi uma das últimas pessoas a ver Madsen vivo, mas eu te protegi. Eu não sou tão ruim, mesmo que você esteja pensando diferente agora.

— Quem você está tentando convencer, a mim ou a você mesmo?

— Sério, quando a merda ficou séria, eu provavelmente deveria ter te enquadrado. Pelo menos não teria chegado a isso.

Enquanto Sam olhava incrédulo, Duval andou de um lado para o outro e tirou um lenço do bolso e assoou o nariz antes de falar novamente. — Tudo teria acabado rapidamente se a mãe não tivesse aparecido pra acabar com tudo. Jesus, até fingimos um enterro e conseguimos uma lápide, mas mesmo isso não a tirou do meu rabo. Mas você podia tê-la convencido de que tudo estava resolvido sem se meter tanto nas coisas que não eram da sua conta. E agora veja onde estamos. — Duval enfiou o lenço no bolso e chutou uma garrafa vazia no chão. — Porra, Sammy, você forçou minha mão!

Sam lentamente juntou os fragmentos de sua memória. Esse idiota estava trabalhando com Santos. Ele olhou em volta para as caixas de madeira que haviam sido empurradas em direção à porta. Madsen e Celeste estão mortas, ele lembrou. Ele olhou para Ramona mais uma vez. Ela ainda estava viva, mas por quanto tempo?

— Você era um bom policial, Sammy. Então você sabe que não posso deixar você contar a ninguém sobre tudo isso. Eu só queria dizer que me sinto mal, porque isso deveria envolver apenas algumas prostitutas, e não um velho amigo como você. Eu vou cuidar do seu cão, então não se preocupe com isso.

Sam pensou que a expressão de Duval seria patética se ele não estivesse olhando para sua arma. Ele sabia o que Duval estava lhe dizendo e precisava ganhar algum tempo. — Você se move bem silenciosamente para um neandertal, — Sam murmurou.

— Sim, bom, a água estava correndo e você estava bem focado em salvá-la, então eu tive uma vantagem. — Duval acenou com a cabeça em direção a Ramona. — Elas são apenas prostitutas, Sam. São garotas que se vendem. Elas estariam fazendo a mesma coisa pra onde estávamos enviando elas, então não é uma grande perda. E ninguém deveria morrer. Há muito dinheiro envolvido. Eu pego a minha parte principalmente fazendo vista grossa e pagando algumas pessoas, como o médico legista caindo aos pedaços e o diretor da casa funerária. É um acordo de benefício mútuo.

— "Benefício mútuo"? Você não pode acreditar de verdade nisso!

— Sabe, você também pode fazer vista grossa, Sammy. Você acha que poderia fazer isso por uma boa grana? — Os olhos de Duval encontraram os de Sam por um momento, antes que ele olhasse para baixo novamente. — Não, acho que não. Você é muito certinho.

— Você realmente pensa que porque essas garotas são escoltas que o tráfico delas é justificado? — Sam apertou a mão em punho e tentou levantá-la, mas seu braço estava preso com força à cadeira trêmula. — Seu parceiro pervertido, Santos, estava vendendo-as como escravas sexuais. E você permitiu que isso acontecesse, seu canalha.

— Ah, Sammy, você não sabe como é a vida no Big Easy hoje em dia. Eu não estou ficando rico, e ninguém vai sentir falta dessas prostitutas de qualquer maneira. Garantimos que elas fossem solitárias. E agora que minha Linny se foi, só preciso de dinheiro suficiente para me aposentar em Cuba, eu tenho conexões lá. Mas você veio e complicou tudo. Vou ter que tirar essas moças daqui sozinho hoje à noite. E acho que você sabe que também vou ter que fazer algo sobre você.

A vergonha no rosto de Duval parecia quase genuína. — Aqui, — ele disse, oferecendo a Sam a garrafa de água. — Eu não quero que você morra pensando que eu sou muito ruim. Eu sou apenas prático, meu chapa.

Quando Duval se inclinou para Sam, Sam de repente bateu a cabeça no rosto de Duval com tanta força que Duval recuou. Instintivamente, ele voltou para cima de Sam com um golpe na parte superior do corpo dele, derrubando a cadeira. Sam bateu no chão com muita força, o que era exatamente o resultado que ele queria. A velha cadeira se partiu em pedaços, com Sam ainda preso aos membros quebrados da cadeira.

Sam foi capaz de levantar o braço, bem quando Duval estava vindo para cima dele novamente. Em um movimento rápido, ele deu um golpe no rosto de Duval, derrubando o grandalhão. A arma de Duval deslizou pelo chão em direção a Sam como se estivesse sendo atraída por um ímã. Sam abriu o punho, pegou a arma e abriu um buraco no peito de Duval.

Choque apareceu no rosto de Duval quando ele sentiu o tiro se conectar com suas costelas. — Meu Deus, Sammy, — ele sussurrou —, é por isso que você era um grande quarterback. Você sempre sabia como chamar a próxima jogada.

— Aqui está minha próxima jogada, Duval — disse Sam, arrancando a fita dos braços com os dentes. — Vou chamar ajuda para Ramona. E você pode apodrecer aqui até morrer ou aqueles ratos comerem a porra dos seus olhos.

Duval seguiu o aceno de Sam em direção a vários roedores que mastigavam uma embalagem de doces perto da pia. O pânico se espalhou por seu rosto quando ele olhou para a mancha de sangue agora escorrendo por sua camisa. — Não, Sam, você não pode me deixar. Por favor. Eu morro de medo de ratos. Eles vão sentir o cheiro do sangue e vir atrás de mim. Se nada mais, me arraste lá pra fora!

— Não. Você receberá tanta misericórdia de mim quanto deu a essas garotas. — Sam se aproximou de Ramona e sentiu seu pulso. — Graças a Deus ela ainda está viva.

— Sim, mas não por muito tempo. Você precisa ligar para os paramédicos agora, ou será sua culpa se ela morrer. — A respiração de Duval estava ficando mais difícil e seus olhos disparavam continuamente para o canto onde os ratos estavam reunidos.

— Não há necessidade. Vou levá-la comigo.

— Não, Sammy. Vamos, por favor. Eu sinto muito por tudo. Me dê outra chance. Eu posso consertar as coisas. Apenas me tire daqui.

— Você pode consertar isso? — Sam caminhou em direção a uma caixa e abriu a tampa. Celeste olhou para ele com olhos sem vida. — Vou selar você em uma dessas caixas para que, quando seu capitão de barcaça vier, ele possa levá-lo com ele. Vou te dar um pouco do tetro. Você não poderá pedir ajuda. Você perderá o controle de seus membros, mas saberá que foi enterrado vivo. Então eu jogarei algumas criaturas peludas para te fazer companhia. Você pode pensar em com quais partes do seu corpo elas estão se deleitando enquanto você ora pela morte.

— Sam, eu estou te implorando. Eu não tenho medo de morrer. Mas por favor, não desse jeito.

— Suas vítimas não tiveram escolha, então você também não tem, Duval.

— Apenas atire em mim pelo amor de Deus!

Sam foi até Duval e o revistou. Duval estava sangrando e fraco demais para se mover. Quando Sam encontrou o celular, Duval sorriu. — Sim, por favor, chame ajuda. Rápido.

— Ainda não. Você acha que eu não sei que você vai mentir para seus bons e velhos companheiros da polícia sobre o que aconteceu aqui? Você vai me contar tudo se quiser viver, Duval. Cada maldito detalhe. Se você ainda estiver vivo após a sua confissão, talvez eu peça ajuda.

— Ah, Sammy, você sabe o que eles vão fazer com um policial como eu se eu for pra prisão?

— Você receberá todos os favores sexuais que quiser, grandalhão. Da mesma forma como você manipulou Charlie. Então não seria tão ruim, certo?

Duval estremeceu de vergonha e depois começou a engasgar. Sam o levantou para que ele pudesse respirar melhor. Duval começou a soluçar quando Sam apertou o botão de gravar no telefone.

36

Depois que Sam ligou para a emergência, ele voltou ao Quarter. Ele havia deixado o telefone contendo a confissão de Duval no topo do caixão tosco de Celeste, mas a única coisa que ele não conseguia deixar para trás era seu enorme sentimento de tristeza.

Ele havia conseguido uma confissão completa de Duval antes que o policial caísse inconsciente. Ele sabia que a polícia obteria os nomes e detalhes dele mais tarde.

Depois de garantir que Ramona estava estável, Sam havia telefonado para pedir ajuda. Ele então tirara seu carro de vista e esperara até que os paramédicos aparecessem. Assim que soube que a ajuda havia chegado, ele se afastara silenciosamente por uma estrada deserta que ligava à estrada de volta a Nova Orleans.

Sam precisava falar com Maire. Sozinho. Muita coisa havia acontecido entre eles para que ele deixasse a cidade sem lhe dizer adeus. Ela estava cuidando de Beatrice, e as poucas posses que ele possuía estavam guardadas na casa dela. Era seu lar temporário, e agora ele sentia uma profunda tristeza por deixar a cidade. Quando pensou nisso, percebeu que o Clube de Cavalheiros de Maire era o seu lugar preferido desde que era um adolescente perdido. Às vezes, ele ainda se sentia como um adolescente quando estava perto de Maire, mas agora entendia que ela tinha sido um dos últimos vínculos dele com o passado. Ele havia voltado para se despedir de mais pessoas do que imaginara. Sam não tinha certeza de para onde iria. Ele apenas sabia o que não iria mais voltar.

Depois que ele parou na frente do clube de cavalheiros, ele ficou sentado por um tempo e encarou a casa, um antigo hábito que nunca havia morrido. A casa havia sido um refúgio para ele - um lugar onde ele nunca se sentira sozinho. Mas hoje, Sam se sentia tão sozinho quanto no dia em que Kira morrera.

Depois que Sam entrou, uma das novas garotas disse que Maire ainda estava fora e o mandou até o quarto dela para esperar. — Eu sei quem você é, — disse ela, — todo mundo conhece Sam Lerner.

— Todo o mundo, menos eu, — ele pensou consigo mesmo.

Depois de cumprimentar Beatrice, ele deu-lhe um pouco de água e, em seguida, caminhou pela suíte de Maire por um tempo. Tudo no quarto era feminino, desde a colcha de seda adamascada na cômoda até os travesseiros combinando. Ele sentiria falta disso.

Sua cabeça ainda doía tanto que era difícil permanecer em pé, então ele ficou deitado na cama até o zumbido nos ouvidos diminuir. Ele estivera cochilando há alguns minutos quando ouviu o rabo de Beatrice bater mais uma vez. Ele rolou de lado quando um par familiar de pernas longas encheu seu campo de visão. — Porra, como eu gostaria de ter essas pernas em volta de mim, — ele disse com uma voz arrastada, deixando seus olhos percorrerem do corpo sensual até o rosto exótico.

— Bem, deixe-me tirar essas roupas e vamos poder cuidar disso, querido, — ela sorriu.

— Ah, querida, você sabe que isso não vai acontecer. Esse tempo já passou.

Maire hesitou, olhando-o com curiosidade. Ela levou um tempo antes de falar. Ele podia sentir que ela estava se orientando. A resposta desdenhosa dele a pegara de surpresa e agora ela estava avaliando sua reação com muito cuidado.

— Gostaria de ouvir um pouco de jazz na Frenchmen Street ou

talvez jantar primeiro, Sam? Por que não paramos no Galatoire para comer algo?

— Estou sem apetite, Maire. Eu passei por muita merda. Esta tarde, descobri as atividades extracurriculares corruptas de Duval. Ele estava ajudando alguns ex-presidiários a sequestrar suas garotas e fingir a morte delas para que pudessem traficá-las. Eu atirei nele, mas consegui uma confissão dele antes que ele ficasse inconsciente, então não importa agora se ele vive ou morre.

Maire pareceu ficar mole ao cair em uma cadeira. — Ai, meu Deus, — ela sussurrou, — Leon Duval?

— Sim. E um sádico chamado Louis Santos. Aparentemente, Santos veio aqui algumas vezes... Talvez você se lembre dele? Ou tem algum registro dele?

— Seria impossível dizer, querido. Eu administro um negócio, mas, por necessidade, guardo poucos registros. Temos visitantes que só vêm uma vez e uma variedade de clientes regulares. Muitos passam por garotas diferentes, então eu não posso te ajudar com isso. O que aconteceu com aquela garota não teve nada a ver conosco.

— Tinha a ver com *alguém*. Pense bem, querida. Você não se lembra de um cara que gostava de ser bruto com as meninas? Ele estava mais interessado na Celeste.

— Sim, talvez eu me lembre dele. Se é o mesmo cara, eu o fiz parar de vir porque temia que ele machucasse alguém.

— Bem, ele machucou. Celeste está morta, Maire. E a morte de Madsen foi falsificada. Ela nunca esteve naquele túmulo pelo qual você pagou.

— Ai meu Deus, Sam, isso simplesmente não pode ser verdade.

— Ah, mas pode. E você sabe bem disso, não é?

— Do que está falando?

— Você sabe do que eu estou falando. Leon Duval era burro demais para ser o cérebro por trás dessa operação. Assim como seu amiguinho perturbado, Santos. Duval não estava cobrando para manter sua proteção quando vinha aqui. Ele estava entregando sua parte do dinheiro, não estava?

— Ele te disse isso?

— Não. — A mudança na respiração de Maire foi quase imperceptível, mas seu olhar de alívio não passou despercebido por Sam. — Mas ele não precisava me dizer.

— Querido, você já passou por muita coisa. Com essa concussão, você não está pensando direito. — Ela ergueu o corpo comprido da cadeira e se moveu graciosamente em direção à cômoda. — Estou tão magoada com suas acusações que não sei nem o que pensar ou dizer. — Ela deslizou a mão pela parte superior da cômoda como se quisesse alisar a colcha cor de damasco.

— É isso o que você está procurando, querida? — ele perguntou, segurando um pingente de prata. O colar de Madsen ainda cheirava a gardênia, embora a joia estivesse manchada nos poucos pontos em que a cobertura de prata barata ainda permanecia. Olhar para ele enchia Sam de tristeza. — Estava lá na sua cômoda.

Maire colocou a mão no peito e ofegou.

— Sam, eu não sei de onde isso veio. Eu nem sabia que ela tinha um colar assim.

— Sim, você sabia. E você o recebeu de Santos, não foi? Esta era a prova que você precisava de que Madsen havia sido descartada como um pedaço de lixo.

— Você está errado! Talvez alguém aqui esteja tentando me incriminar.

— Verdade? Então por que, agora que eu te disse que a morte de Madsen era uma farsa, você nem me perguntou onde ela está ou se está bem? Vou lhe dizer por que, amor: é porque você já sabia. Você fez parte da operação. Duval respondia direto a você.

— Isso é um absurdo!

— Um caralho que é! Você o enviou para Bayou LaFourche no dia em que Charlie morreu. Ele estava indo se desfazer de Charlie. E então ele ia cuidar de mim, não ia? Foi Duval quem tentou me empurrar para fora da estrada quando saímos do Cat's Blues Heaven.

— Você está confuso, querido. Estava escuro demais para ver.

— Talvez eu não tenha visto quem me bateu naquela noite, mas posso reconhecer um maldito motor de carro da polícia quando ouço um.

— Sam, pense no que você está dizendo. Por que eu teria ido lá encontrar você se achava que Leon Duval iria "cuidar de você", como você diz com tanta delicadeza? Eu fui porque pensei que você precisava de mim.

— Não, querida, quando você ouviu de Duval que Charlie já estava morto e que Duval não tinha encontrado com nenhum de nós, você precisava saber se Charlie havia me contado suas suspeitas sobre o seu pequeno empreendimento antes de dizer adeus. Naquela noite no Cat's, você disse que Jem havia lhe dito que Charlie tinha morrido. Mas eu nunca disse isso a ela, Maire. A ligação caiu antes que eu pudesse dar a notícia. Eu sabia que você estava mentindo, mas precisava de tempo para descobrir o porquê.

Maire sorriu estranhamente, depois, com um movimento repentino, abriu a gaveta da cômoda e enfiou a mão dentro. Sam ficou em silêncio, observando seus ombros caírem em derrota.

— Desculpe querida, mas não está aí. — Sam alcançou debaixo do travesseiro e levantou uma pistola. — Você realmente ia atirar em seu antigo amor?

O rosto de Maire estava pálido quando ela caiu de volta na cadeira, suas pernas longas não mais capazes de suportar seu peso corporal. Eles ficaram em silêncio por vários momentos, enquanto todos os seus finais se reuniam em volta deles como fantasmas tristes.

— Ninguém ia sentir falta delas, — Maire finalmente sussurrou. — Elas fariam a mesma coisa em Cuba que estavam fazendo aqui, e todos nós ganharíamos algum dinheiro pela prestação de um serviço. Isso é o que eu sempre fiz Sam, prestar um serviço. Elas eram garotas de programa profissionais. Elas se vendiam. Mas talvez você me veja da mesma maneira. Não é?

— Não, nunca te vi assim, Maire, mas agora percebo que nunca te vi de verdade.

— Você não entende.

— Ah, mas acho que sim.

— Bem, eu não me vendi como as meninas sob minha responsabilidade, isso deve contar para alguma coisa. Dormi com você porque fazemos parte da vida um do outro há quase três décadas. Você sabe que nunca realmente nos deixamos. Você é diferente do resto, querido.

— Bom, não vamos esquecer Santos. Você dormiu com ele, não foi? Foi assim que você conseguiu que ele fizesse o que você mandava.

— Sam...

— Quando eu estive aqui da última vez, vi uma bituca de um charuto Esplendido ali na sua lata de lixo, mas levei algum tempo para juntar tudo. Acho que queria acreditar em nós - em você e eu - só mais um pouco. Você pensou que poderia controlá-lo melhor do que Celeste, mas no final, querida, era ele quem estava usando você.

— Sam, cometi um erro horrível, eu sei disso. Eu só precisava de dinheiro para poder largar este negócio e sair daqui. Eu tenho uma casa na Martinica. Venha comigo.

— Você sabe que isso não pode acontecer.

— Por favor. Todo mundo merece uma segunda chance. Vamos criar a nossa juntos. Sei que você não tem para onde ir.

— Você está errada. Eu tenho muitos lugares para onde posso ir, apenas nenhum lugar para onde voltar. Queria que você fosse esse lugar, mas você sempre foi uma fantasia. — Sam suspirou e balançou a cabeça quando notou Maire chorando baixinho. — É estranho, mas quando Duval confessou, ele me deu nomes, mas nunca mencionou você. Você é a única pessoa que ele está protegendo e provavelmente continuará acobertando. Ele sempre teve um senso distorcido de honra dos cavalheiros.

— Mas você não?

— Não, querida, receio que não.

— Por favor, Sam. Se ninguém souber do meu envolvimento, então você pode me deixar ir, não pode? Eu nunca poderia sobreviver na prisão. Ai, meu Deus, Sam, por favor! Vamos passar os últimos anos de nossas vidas fazendo amor sob o sol do Caribe. Podemos deixar tudo isso para trás.

— Chega, Maire. Acabou. Fiz uma denúncia a caminho daqui.

Maire parecia ter levado um tapa. — Por que você faria isso? Por que Sam? Você sabe que eu sempre te amei.

— Não querida, o que eu descobri é que *eu* sempre *te* amei. E este é apenas mais uma merda de adeus. — Quando ele se levantou para sair, Maire de repente se jogou nele, lutando para pegar a arma. Ele afastou o braço e segurou a arma fora do alcance dela enquanto seu olhar permanecia no rosto que lhe era tão familiar quanto o seu.

Sam passou um dedo pela bochecha dela. Maire sempre seria linda para ele. Ela era um pedaço do passado dele que ele não tinha sido capaz de deixar. Mas ele não podia mais carregar esse passado com ele.

Depois de um instante, Sam jogou a arma para ela. — Você quer fazer isso, amor? — ele perguntou. — Então faça. Você já levou o que restava de mim.

Assustada com seu gesto, Maire deu um passo atrás. Então ela pegou a arma, parando apenas por um momento antes de pressioná-la contra o peito dele. Sam não vacilou quando sinalizou para Beatrice permanecer no lugar. Maire sorriu tristemente pouco antes de engatilhar a arma. — Querido, você sempre acreditou demais em mim. Muitos anos se passaram. A vida ficou muito escura para mim. Mas houve momentos entre nós em que pensei que talvez eu pudesse consertar as coisas... talvez ter uma nova vida com você. Mas nós dois sabíamos que esses momentos não eram reais, não é, Sam?

— Eu suponho que sim. Mas talvez eu tenha sido o último a descobrir. Eu te conheço muito bem, amor. Eu simplesmente não conhecia tudo sobre você. Mas de uma coisa eu sei... Você não vai atirar em mim.

— Tem certeza?

— Eu sou sua última conexão com a pessoa boa que você era. Se você me matar, nós dois morremos. E estou disposto a apostar que você não vai fazer isso.

Sam assentiu como se quisesse dizer um último adeus. Ele passou a mão no braço dela enquanto passava por ela em direção à porta. — Querido, — ela sussurrou atrás dele.

Sam estremeceu ao ouvir o tiro. Ele se virou devagar, já sabendo o que iria encontrar. Sua última visão de Maire morta no chão foi mais dolorosa do que ele jamais poderia ter imaginado.

EPÍLOGO

O caminho para fora de Nova Orleans era tão bonito quanto quando ele voltara, mas nem mesmo a música Cajun no rádio conseguia animá-lo. Ele esperava que seu retorno ao French Quarter fosse lhe trazer conforto, mas ele estivera apenas fugindo de uma tristeza que havia consumido sua vida.

Ele iria voltar ano que vem ano para visitar Jem, e talvez até aparecer no Zydeco Festival, mas agora ele estava voltando para Los Angeles na esperança de evitar a deterioração de algo muito mais sombrio do que qualquer coisa que ele jamais poderia ter imaginado. Sam sabia que eventualmente encontraria a felicidade novamente, mas ele nunca esqueceria. Ele se apegou às palavras finais que Renee Oleyant havia lhe dito quando se despediram: "Honramos os mortos ao lembrar, não ao esquecer".

Ele amara duas mulheres, cada uma de forma diferente - uma boa e outra que se perdera. E agora ambas estavam mortas. Não, não havia como ele esquecer.

— Descanse em paz, querida, — ele sussurrou enquanto pisava no acelerador. Beatrice, contente como sempre só por estar junto dele, sentou-se no banco ao lado enquanto Sam aumentava o volume do rádio e aspirava o perfume quente do lago Ponchartrain.

Lightning Source UK Ltd.
Milton Keynes UK
UKHW041852261020
372285UK00001B/200

9 781715 668266